GOBOOKS & SITAK GROUP©

GOBOOKS
& SITAK
GROUP©

三日月書版

三日月書版

九鷺非香 著
哈尼正太郎 繪
與晉長安
Yu Jin
Chang An
下卷
輕世代
FW327
三日月書版

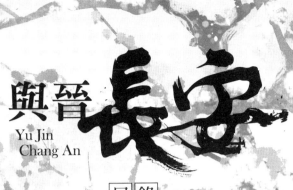

與晉長安

Yu Jin
Chang An

目錄

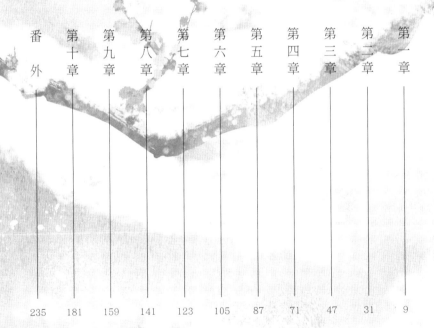

與晉長安

Yu Jin
Chang An

第一章

三月，塞北終於迎來早春，荒野殘雪裡冒出了青草嫩芽。

清雪節後便沉寂下來的鹿城又漸漸熱鬧起來。

這寒冷的三個月裡，西戎欲舉兵攻打鹿城不下十次。幸得老天爺庇佑，初冬的那一場仗，損掉了他們兩名大將，剩下的兵力對黎霜來說，根本不足以為懼。

斷斷續續打了幾場不大不小的仗，也算是安然度過了最難熬的三個月。

西戎撤回西戎都城，不再來大晉邊界搗亂，這個比往常嚴酷許多的冬日令西戎國內情況堪憂，春日來了，他們必須休養生息。

塞外其他部落也沒好到那裡去。

整個塞北，唯有鹿城方還兵強馬壯，此後三年，怕是無外敵敢來再犯。

隨著春天的到來，好消息也紛沓而至。

黎霜下了城樓，剛回到營帳，褪下頭上堅硬的頭盔，一道加急信件便送了上來。

讀完信，她望著營帳外塞外的天，長舒了一口氣。

「京中形勢已穩，東宮已大權在握。」

這封信到了塞北，便說明新帝已經登基最少半個月了。

司馬揚從殿下變成了陛下，那個一見面就被她痛揍的少年終是在記憶裡徹底消失，從此以後留下的只是一張日漸威嚴、讓人不敢直視的臉。

不過這樣也好。

聽罷黎霜這話，秦瀾抱拳喝道：「恭喜將軍了！」這著實值得歡喜，司馬揚登基，大將軍府的地位將會更上一層樓，家族的榮耀令天下羨豔。

「有喜，也有不太讓人歡喜的。」黎霜一邊在桌上鋪了張紙，一邊與秦瀾說著，「阿爹道塞外局勢已定，令我擇日回京拜見新帝。」

秦瀾眉頭微微一皺。

過往，大將軍即使思女心切，也從未主動要求黎霜回京，向來以尊重她的意願為優先。而今新帝登基，令黎霜回去拜見，雖說合情合理，但背後的含意卻讓人深思。

畢竟司馬揚對黎霜有情……

秦瀾還記得三月前，他們在石洞中尋到黎霜並將她帶回時，司馬揚望著奄奄一息的黎霜，眼中的情愫有多麼濃烈。

後來他雖因京中急事離去，但交代的最後一句話卻是——

「無論如何，都要護好黎霜。」

那時太子的神情秦瀾看得懂，那雙犀利如鷹的眼眸裡像是在發著堅定的誓言，他不想再失去黎霜。

而這次，京中情勢剛定，大將軍便來信讓黎霜回京，其背後到底是大將軍的意思還是新帝的意思？

再則，司馬揚登基，將軍府榮寵盛極，黎霜獨自守住了塞北邊城，大晉最驍勇的長風營將士們均是對她忠心耿耿。

千古君王，向來狡兔死走狗烹，黎霜這次回京，這軍權……

在秦瀾沉思之時，黎霜已經寫好一封書信，遞給了他。

「我身體抱恙，短時間內無法從塞北啟程回京。秦瀾，這封信你幫我帶回京城吧，新帝也勞煩你幫我代為叩見。」

秦瀾接過信，哭笑不得，沒想到黎霜拒絕得這麼乾脆。況且這趟回京註定遭大將軍數落、君王冷眼，這苦差事最終還是落在了他頭上。

不過……確實沒有人比他更適合去了。

他是黎霜的親衛長，也是她手下官階最高的副將，黎霜不回去，他定是首當其衝。

「末將領命。」秦瀾抱拳，遲疑了片刻，終究憂心地說出了口，「只是將軍，而今新帝登基，將軍府榮寵極盛，這長風營中……」

「別擔心，我都寫在信裡了。」黎霜笑了笑，「我只是不想回京，不是不願意交權。」

秦瀾不禁抬頭望了眼黎霜，她什麼都明白，只是怕一回京，就再也沒辦法離開了。畢竟她現在面對的，是一個掌握絕對權力的君王。

秦瀾出了營帳，開始交接自己手上的事，準備隔日啟程回京。

而快到傍晚時，又有一道消息傳來。適時黎霜正在營中用膳，外面倏爾起了一陣喧譁，她出營去看，但見軍士們圍著一匹慢慢往前踱著步子的馬。

馬兒喘著粗氣，而馬背上的傳信人，奄奄一息地趴在馬背上，臉埋在鬃毛裡讓人看不清楚，但是手上卻一滴滴地落著血。更仔細一看，他手背上的經脈全是烏黑的顏色，滴落的血也如泥漿一般黑。

看起來詭異至極。

「這是誰？」黎霜皺眉詢問。

一旁有將士大著膽拉住了韁繩，馬兒頓住腳步，馬背上的人便毫無知覺地從馬背上摔落。

被血凝成一束束的頭髮胡亂搭在他臉上，但這並不妨礙眾人看清他的面容，烏青的唇、睜得大大的眼，氣息還在，只是萬分孱弱。

「常萬山！」黎霜認了出來。

三月前她昏迷初醒，秦瀾著曾是江湖人士的常萬山前去查探黑甲人的消息，幾個月來他音信全無，她本以為他凶多吉少了……

結果，他竟然回來了。

「常將軍為何會如此……」旁邊也有人喊道，「軍醫！快叫軍醫！」

常萬山盯著黎霜，幾乎用了最後的力氣，抬起手，遞出一張皺巴巴的信。

只是信上沾了他烏黑的血，沒人敢接。

黎霜心急地推開擋在面前的軍士，伸手接過了她這親衛幾乎是用性命換來的紙。

打開一看，信上寥寥八個字——

南長山、五靈門、蠱宗。

是關於黑甲人的消息！

南長山、五靈門……黎霜曾有過耳聞，據說五靈門偏居南方大山之中，神祕至極，而門人卻不少，比起江湖門派，他們更像是一個與世隔絕的神祕部族。也因著他們太過封閉，朝廷對這個門派瞭解不多，所幸對方也沒鬧出過什麼事。

於是朝廷與他們井水不犯河水，鮮少交集。

這麼安靜神祕的門派，竟不惜用設計太子的手段，來抓走那黑甲人……

想到黑甲人，壓抑了幾個月的紛雜情緒便被勾了起來。

那個在風雪山頭猝不及防的吻，還有溫泉池邊赤裸相對的曖昧，以及救她與千軍萬馬中的懷抱，他們的對話、爭執、敵對，甚至是他最後滴落在她臉上的眼淚，一瞬間全湧上了心頭。

這三個月裡，黎霜不止一次想起過那個只在夜晚出現的男子。

可是等待的消息一直未來，派出去的人也沒有查到任何蛛絲馬跡。

等了三個月，以為這一生都不可能等到她想要的消息了，現在終於來了。

黎霜收了信，壓下心頭思緒，半跪下身，探了常萬山的脈，「你中毒了？」

常萬山艱難地搖頭，「是蠱……將軍……不要碰……屬下……」

在他說這話之時，黎霜早已碰觸了他的手腕，那些順著經絡而來的黑色印記卻像是怕了黎霜一樣，往旁邊一退，他的些許皮膚恢復了正常顏色。

黎霜見狀，眼睛微微一瞇，手掌往前挪了一點……果然，黑氣又往後一退，避開了她碰到的地方。

「你傷重的地方在哪裡？」黎霜問他。

常萬山咬著牙，似乎在忍受著巨大的痛苦，「心……心口。」

「你怕是要忍一下。」黎霜將手放在常萬山的心口處，只見常萬山雙目一瞠，大張著嘴，一張臉毫無人色，似一時間痛得連喊也喊不出來了。

在他渾身僵直的瞬間，他的胸膛高高鼓起，裡面像是有數條蟲子一樣，飛快地從他皮膚下爬竄過去，湧上喉頭，常萬山往旁邊一側身「哇」一口便吐出了一堆黑色黏稠物。

那黏稠物中似有蟲子在竄動，眾人大驚，齊齊往後一退。蟲子卻似畏懼空氣似的，飛快地鑽進土裡，消失了蹤影。

常萬山吐了這一大口，粗粗喘了幾口氣，整個人癱軟在地，閉上了眼，氣若游絲。

軍醫這才推開眾人跑了過來，他將常萬山人中一掐，扎了幾根針，隨即才拉了他的手給他把脈。

「嗯……」軍醫困惑，「氣虛，並無大傷，調理些時日便能好。」

眾人面面相覷，「軍醫，他這渾身是血的，怎麼會沒有傷？」

「真的沒傷。」

羅騰方才一直在旁邊盯著看，他摸了摸腦袋，「難道是將軍治好的？將軍妳剛才那一手是什麼內力功法，能把他身體裡那些亂七八糟的東西逼出來？」

黎霜並沒有回答，只是命軍士們將常萬山抬回營帳，再看著自己的手不說話。

她比誰都更清楚，自己根本就沒用什麼內力。如果真如常萬山所說他中的是蠱，那就是證明那些蠱都害怕她的氣息，怕得連宿主身體都不敢待了……

她的身體，好像在不知道的時候，起了什麼變化……

翌日清晨，天剛破曉便有軍士來與黎霜回報，道是常萬山醒了，要求見黎霜。

黎霜一夜未眠，握著染了常萬山黑色血液的紙張看了許久。明明這張紙上只有寥寥數字，但黎霜卻像是透過這張紙看到了被帶走、正在千里之外的黑甲人，也像是看見了那日倉皇一別時，他那雙鮮紅的眼瞳……

黎霜驚覺自己竟然有些想念他……

知道常萬山求見，黎霜立即起身前往親衛營。

見黎霜來到，親衛營中眾人皆是行禮相迎，常萬山欲要下床，便被黎霜摁住了肩頭，「無須多禮。」

常萬山也並未過多禮數，開口便直言道：「將軍，妳所要尋的神祕人正在南長山五靈門中。」

黎霜點頭，「紙條我已經看完了。其中經過，你且細細與我說來。」

常萬山眸色沉凝，扶住自己心口，神色之中仍有幾分驚魂未定。

「三月前我跟隨那行人蹤跡一路往南，邊走邊往鹿城傳信，直至南長山，我本欲停在南長山周圍勘探一番，著人往回傳信，哪曾想我那一路蹤跡，竟然都被五靈門門主看穿，路上的信件未有一封送出。最後，甚至被五靈門門主巫引擒住……」

常萬山扶住胸口的手指微微顫抖，「屬下慚愧，那巫引的武功身法乃我所無法企及之高度。敗北後，巫引未將我處死，反而將我關在南長山地牢中……同那神祕的黑甲人一起。」

黎霜聞言一怔，「為何將你同他關在一起？他……如何？」

其實她想追問關於那人的更多細節，但在如此虛弱的常萬山面前，過多表現情緒，對於一個將軍來說，又是那麼的不適時宜。黎霜只得壓抑著情緒，靜待常萬山回答。

「每個夜裡，他們會將神祕人綁在牆上，並每天都在他心口上劃一刀。我不知道他們要做什麼，只是那神祕人……開始的幾天還能偶爾清醒地問我關於將軍的消息，後來……」

問她的消息？

黎霜心頭一顫。

他還記著她呢。

「……後來，他像是瘋癲了，整日如野獸般在地牢中低吼，時而沉默，又時而咆哮，很是駭人。」

黎霜眉頭微微一皺，心尖彷彿卻有一絲遲鈍的痛感。

「直至後來，那五靈門門主巫引來了地牢，看了那人好幾日，用了許多我也看不懂的法子，給他渾身放血，來回折騰。不料那人卻越發暴戾，手臂粗的鐵鍊也掙斷了好幾次，我能感覺出他很想離開地牢，拚命地想往外逃。」

明明……常萬山沒有說得很細，這一瞬間，黎霜卻像是感同身受了。

她微微閉上眼，心頭卻想到了那日鹿城煙花，熱鬧長街的角落巷子裡，神祕人身上溫熱的溫暖，他眼眸中的澄澈與溫柔……

他對她明明比春風拂面還要輕柔。

「隨著時間過去，並不見那人有任何好轉，他就這麼一日比一日更加瘋狂，再後來，巫引像是沒轍了，便隨口命人把我處置掉，道是留著我也無用了。我猶記得他說了一句，玉蠶已經無法適應別的宿體了。」

黎霜沉著面色。

玉蠶……她不是第一次聽見這個詞了。

常萬山指了指自己的心口：「他們將我從地牢帶出去，在我心口劃了一刀，說要將我拿去餵蠱。屬下不才，從軍前也在江湖行走過些許時日，知曉幾分蠱術的厲害，早在入南長山之前便尋了藥物傍身。是以拖延了蠱蟲在身體裡發作的時間，趁五靈門弟子不注意時逃了出來。」

眾人提心吊膽地望著常萬山胸膛上的傷口。

五大三粗的漢子，提刀殺人是不怵，可說到南方那神祕的蠱術，想著蟲子在體內鑽來鑽去的，還是覺得駭人。

常萬山接著道：「我出了南長山，陪我那麼多年的黑風馬倒是在原地等了我兩個月，黑風識途，便將我帶回了塞北。我本道此次必死無疑，遂將消息寫在了紙上，哪想……將軍還能救回屬下這一條賤命，屬下委實……」

他說得情緒有幾分激動，本想再次起身，黎霜不由分說地按下了他。

「此次南下本不是為國而去，乃是私自受命於我。你幫我辦事，不惜捨身，該是我謝你才對……」

「將軍哪裡的話！那黑甲人幾次助我大晉，本就是鹿城與我長風營的大恩人，而後又護下了將軍，於公於私，我本就應當前去救他！只是學藝不精，未達成將軍所託……」

「好了。」黎霜打斷他微微激動的話語。

她的這些親衛，個個都是忠心正直的硬朗漢子，那黑甲人做的事，她記在心裡，他們也同樣記在心裡，受人恩情，未曾忘過。

只是常萬山這樣拚命去救那黑甲人，他可以信誓旦旦地說一句是為了忠義為了知恩圖報。

而黎霜……想到的卻只是神祕人的一雙腥紅眼瞳，就那麼直勾勾地盯著她，或是專注，或是溫柔，或是深情。

她只是想……再看見一次那樣的目光。

黎霜整理了情緒，深吸一口氣，再抬頭，神色已無波動。

「你好好歇著，接下來的事，我自有定奪。」她對常萬山道。

見將軍雙眸堅毅一如往常，常萬山這才放鬆了身體，躺在床上。

「是。」

叮囑軍醫好好照顧常萬山後，黎霜便出了營帳。適時軍營門口，秦瀾正與副手整裝準備出發。

見黎霜匆匆忙忙地趕來，秦瀾還未來得及行禮，便聽她道：「你的東西都準備好了？」

秦瀾一怔，「是。」

「給我。你回去將衣服換了，留守軍營。」

秦瀾望著黎霜，像是一時未理解她話裡的意思，「將軍？」

「京城，我親自回去。」黎霜抓過旁邊軍士肩上的披風，披在自己身上，她戴上駕馬的厚手套，繞過秦瀾，拎了馬脖子上的韁繩，踩上馬鐙，輕輕鬆鬆地翻上了馬背。

其語氣神態輕鬆得像是在說我去營外巡視一圈。

可是昨天黎霜那態度……她明明知道，回京城見司馬揚，對她來說意味著什麼……

秦瀾緊盯著馬背上的黎霜，塞北的春日來得遲緩，風依舊帶著冬日的蕭索，撩起黎霜微微乾枯的髮絲與她披風的邊角。

「將軍這是何意？」

「我想救一人，恐怕需陛下相助。」

秦瀾默了一瞬，「將軍可知，這一去，您所面臨的，不再只是西戎來犯。還有皇恩浩蕩的桎梏，朝堂利益的勾結，那些隱晦的、陰暗的，從每個人的骨頭縫裡透出來的惡意。」

「我知道。」黎霜答得乾脆且果決，「可有一個人，我想救他，哪怕不顧一切。」

秦瀾看著這時的黎霜，難得失神了。

他從未覺得她離自己如此遙遠過，從前她在他眼裡，一直是那個為了將軍府、為了大晉鞠躬盡瘁的傳奇女子；現在，她對那黑甲人的關心，使她的神色變了，變得讓他感到陌生。

以前秦瀾從未覺得黎霜屬於誰，即便是太子。

可現在，他卻覺得，黎霜……要被搶走了。

可悲的是，在這樣的時刻，他竟說不出一句挽留的話。他瞭解黎霜，所以他懂她所有的神情和祕密，他知道，此刻她的想法有多堅定。

她說想去救一個人，哪怕不顧一切。

以前的她，救人是有原則的，甚至可以說是有選擇的。她救鹿城百姓，是因為他們是大晉子民；她救司馬揚，是因為他是當朝太子。

可她為何要救那黑甲人？

她的眼神告訴秦瀾，她要救他，不為國，不為家，不為任何利益，只為了自己那一顆無法靜止的心。

她想看見他乾淨澄澈的眼眸，再一次溫柔地凝視著她。

她那麼單純地想去救一個人，用盡全力，不顧一切，因為……

她的心，已經走向那個人了。

與晉長安

Yu Jin
Chang An

第二章

從塞北至大晉都城，黎霜只花了別人一半的時間，日月兼程，未有停歇。她回京太早，出乎所有人意料，連大將軍黎瀾也沒想到。

黎霜回到將軍府時，黎霆比任何人都迅速地從府裡衝了出來。她剛下馬，便被弟弟撲了滿懷。

「阿姐！阿爹說妳最近要回家我還不信呢！妳怎麼回來得這麼快！」

跟隨著黎霆而來的便是威嚴如常的黎瀾。大將軍年屆半百，臉上難免有幾條歲月雕刻的紋路，但這些紋路並不讓他顯老，而是增加了更多威嚴。

一別三年，黎霜避走塞外，不願回京，心裡也不是沒有念過黎瀾。

她是將軍府的養女，然而黎瀾對她卻並不比黎霆差，教她騎射、教她兵法，讓她有機會能與京城裡的王公貴族一起讀書習武，甚至順從她的心意，讓她前往塞北征戰，一走就是三年。

對黎瀾，黎霜很難不說一句感激。

推開還在撒嬌的弟弟，黎霜上前恭敬一拜，身子匍匐，頭幾欲貼於地上，「阿爹，霜兒不孝，三年未……」

黎瀾抓著她的手臂，將她拉了起來，「幾年不見，倒與我生疏了？妳幫老頭子我守住了大晉邊塞，若妳這叫不孝，黎霆這小子就該丟了。」

「就是就是，阿姐妳別這樣說了，回頭老頭子真要把我丟了！」黎霆在一旁插科打諢，大將軍笑罵著拍了一下他的頭，黎霜也不禁失笑。

可到底心頭有事，她的笑意很快便掩了下去。

「阿爹。」她輕喚一聲。

黎瀾會意，點了點頭，「先入府吧，其他事稍後再說。」

黎霜卻搖了頭，「阿爹，我沒時間耽擱了。」光想到那人正在受苦，她的內心無論如何都靜不下來。

黎瀾聞言，微微垂了眉目，「何事如此著急？」

「我要入宮面聖，求陛下允我五萬兵馬。」

要動兵？

黎瀾皺了眉頭，但見女兒目光堅定，他微一沉吟，「妳打小沉穩，所做決定必有緣由，阿爹不問。只是妳要想好，此次回京本是陛下聖意，妳若還有事請求陛下，可想到如何回報？」

言下之意，再明顯不過。黎霜是個好將領，但司馬揚想要的，卻不是讓她做個將領。

黎霜點點頭，「霜兒心裡清楚。」

在塞北打馬回京的那一刻，她就想好所有的後果了。

即便如此，她還是要救他，就算她連那人的真名也不知道，也要救。

聞言，黎瀾也不再多說了，命人領黎霜入宮。

宮城依舊，只是君王已換了一人，從此這宮殿與她小時候所知曉的那個宮殿，大不相同了。

世事總是蒼涼，然而也沒有給黎霜更多感慨的時間，她終是在御書房裡見到了司馬揚。

並非公開召見，黎霜要請求的事，本也沒辦法讓諸多大臣參與討論。

當初司馬揚離開塞北時，正是黎霜昏迷不醒之際，如今再見，兩人一時都沉默了。只是相比於黎霜，司馬揚閃動的黑瞳裡帶著幾分激動。

「黎霜。」司馬揚終於開口，打破了難耐的沉默，「妳總是在我意料之外。」他扔下了手中文書，站起身來，「我以為妳不會回來。」他繞過書桌，行至她身前，唇邊難得有了一絲笑意，「妳如今回來，我再也不會……」他伸出手，作勢要拉她的胳膊。

黎霜眸光微微一垂，往後退了一步，單膝跪下，行的是一個標標準準的軍禮。

「陛下。」

司馬揚的手頓在空中。

「黎霜斗膽，求陛下允黎霜一願。」

她這般說，司馬揚憶起來了，那日石洞泥沼之中，他許諾黎霜，若果她那日能從泥沼之中出去，他會應允她一件事。

想嫁給他也好，想離開他也罷，他給黎霜自由選擇的權利，因為那時的黎霜選擇舍己之命，救他一命。

這是他給的報恩，也是他深藏於心的愧疚，而今黎霜一見面便對司馬揚提出這件事……

她是想離開吧？

司馬揚如此揣測著，卻還是垂眸問她：「妳要求何事？」

「求陛下允臣五萬兵馬，出兵南長山。」

「出兵南長山？」這是一個完全意料之外的要求，司馬揚微微瞇起了眼睛，「所為何事？」

黎霜仰頭看著司馬揚，眸光不卑不亢，「臣欲救一人。他曾捨身救長風營，且於鹿城危難之際大助我方。」黎霜頓了頓，「也曾救臣於絕境之中，他於邊塞有恩，於我有恩……」

「可是那赤瞳男子？」司馬揚打斷了黎霜的話。

「是。」

司馬揚默了一瞬，「妳知曉他來歷了？」

「不知。」

「姓名？」

「不知。」

司馬揚一時竟覺自己有些不認識眼前的女子了，「妳從邊塞匆匆趕回，便是為了求我此事？」

「是。」黎霜垂首，「臣知曉借兵一事實在荒唐，可臣別無他法。」

御書房內，陷入了長久的沉默。

司馬揚是瞭解黎霜的，所以他也知道既然她會提出，便代表她有非常強烈的堅持。她沒有提要離開京城、離開他的事，但這個請求，讓他心底更涼。

以前的黎霜，何曾這樣奮不顧身地只為一人？

竭盡所能，窮極所有，為了一個連姓名也不知道的人。

以前的黎霜，為國、為家、為將軍府的榮耀，也為自己的成就。但現在，她說出口的這個請求，幾乎把這些事物都拋棄了。

「霜兒，我不瞞妳，我若允妳五萬兵馬，毫無緣由出兵南長山，朝中勢力如何均衡……」

「自是不敢使陛下困擾，南長山中有巫蠱一族人常年盤踞，壓榨百姓多年，似匪似賊，猶如南方頑疾，需得根除。」

找藉口出兵對黎霜來說易如反掌，兵者詭道，她扯起胡話來，也不輸給朝廷官員。

她找了出兵的理由，又道：「清剿南長山，當是將軍府送與陛下的一份厚禮，待臣戰後歸來，必將五萬兵馬及塞北鹿城守軍、長風營軍權一併交上。自此，臣再無軍職，只是將軍府一位待嫁女子。」

身有軍功的待嫁女子，只有當今聖上才能為她的婚事做主。

黎霜這話乍聽之下，並無任何不妥，但仔細一想，其實暗含幾分引誘、甚至威脅的意思。

允她五萬兵馬，她便上交軍權；若是不允，這權是交還是不交？

司馬揚盯住黎霜一雙點漆的眸，倏爾勾唇，淡淡地回答：「好。」

不用說明，領會便罷。

司馬揚是喜歡黎霜的，可他也是君，她也是臣。她幫他抓過狡兔，她的家族也算他的走狗。

他們之間，除了單純的兒女之情外，更多的是朝中利益的勾心較量。

司馬揚回身至書桌，準備下筆前，又看了眼跪在前面的黎霜。她身著紅衣銀甲，面上有幾分風雨兼程的勞累，頭髮也微帶散亂，可她的身姿神色依舊猶如一根翠竹，永遠堅韌。

「霜兒。」司馬揚寫了一道旨意，「只望他日，妳莫要後悔。」

回答司馬揚的，只有黎霜恭敬地雙膝跪地，頷首於胸，奉手於頂。

「臣接旨。」

黎霜求得五萬兵馬，擇日出兵南長山剿巫蠱一族，令朝野譁然、民間震撼。

這個舉動來得太過突然，誰也沒想到。

一時之間，民間猜測不斷。

黎霜全然不回應，她領了命，收拾罷了，便領五萬大軍直赴南長山。

隨黎霜南下的將領有三人，皆是她從將軍府裡借調出來的。三個副將無一例外，皆有江湖背景，其中最為得力的是曾任青林門門主的付常青。

當年付常青被仇家追殺之際，為黎瀾所救。適時正值黎瀾欲出兵邊塞，為報救命之恩，付常青順勢從戎，納於大將軍旗下。經年來，跟隨大將軍南征北戰，也是大晉朝赫赫有名的一員大將。

黎霜向黎瀾借幫手時，黎瀾還未開口，付常青便主動請求跟隨黎霜。以前青林門也靠近西南，對那方形勢算是最為瞭解。

行至南長山數十里處，黎霜令兵馬暫歇，紮營安頓。到西南方來，軍營帳篷便紮得比塞北輕便許多，主要掛了紗帳，防範蛇蟲鼠蟻。

黎霜一停下來，便著人燒了驅蟲的香，沿著軍營燒了一遍。

付常青來找黎霜時，她正點燃了一炷香。

「將軍。」付常青有幾分憂心，「如此大規模的焚香驅蟲，南長山上遙望下來便能發現我們的蹤跡，怕是不妥。」

「無妨。」黎霜放了香，「五靈門可怕的不是人而是蟲子，他們發現我們也無妨，我並未打算與他們交戰。」

付常青聞言一愣，「不打算交戰？」他看了一眼外面，「那這五萬士兵？」

黎霜擺了擺手，讓他安心，隨即召來另外兩名副將，她將地圖在桌上展開，解釋道：「付將軍，你對這一帶相當瞭解，五靈門常年盤踞的山，你可知道是哪一座？」

「屬下未曾靠近過五靈門，他們委實神祕，但凡有人侵入他們的領地，便極少有能活著出來的。就前些年收到的消息來看，入了這裡、這裡還有這一帶的人，幾乎沒有人活著回來。」

黎霜輕輕將那一片地方勾畫出來，「都在南長山裡？」

「對。」

黎霜沉凝一番，「五靈門是江湖門派，善使蠱蟲，他們的手段我見過，不同於尋常戰鬥，近戰我們將士討不了好。」

付常青點頭，「五靈門內應該人數不多，我們花點時間教士兵避蠱驅蟲，應該可以強行攻入……」

「沒那麼多時間了。」黎霜在地圖上指道，「五萬人馬兵分三路，左將軍帶兩萬人行東路；錢將軍帶兩萬人馬行西路，包抄南長山，見樹即伐，將南長山與周邊隔出；付將軍留一萬人馬鎮守營地，若是我與五靈門主談不好……」黎霜在地圖上南長山上一點，「給我燒山。」

黎霜語中的殺氣令三位將領一怔。

付常青這才意識到，五萬將士並不是用來強行攻入南長山，而是用來添加談判籌碼的。

五靈門常年扎根於南長山，對他們來說，這裡就是他們的故鄉。黎霜敢賭一把，他們會不會交出她想要的人，五靈門的人卻不一定有這個膽量和她賭。

而且避免了與五靈門人接觸，軍士們的安全也可得到最大保障。

這招棋甚好，不愧是大將軍之女。

付常青剛想完，黎霜便已吩咐了下去。

「時間不等人，今日起，連夜開伐，三位將軍可有意見？」

「末將領命！」三人齊聲答了，轉身出了帳篷。

黎霜舉目遠眺，遠處南長山上的主峰在南方暖風的吹拂中，巍然矗立。

一路從塞北趕來，闊別風霜，送了春風，來到這幾乎已是盛夏的南方，黎霜跨過了整個大晉，到現在也依舊不敢安心。

她沒有一刻不在想，那個人還在受苦嗎？或者……已被巫引馴服，甚至殺害？

他若身死，那她這一場千里奔赴的任性，又該何去何從？她那些狼狽心緒，又該說與何人聽？

暖風送入帳內，彷彿是從山巔而來，像手一般拂過她的臉頰，黎霜竟倏爾有一陣莫名的心動。

來得突然，去得匆忙，就像方才一瞬間她產生了錯覺一樣。

兩天時間，南長山山下樹木隱隱被伐出了一個圈來，著人送信於巫引，約他明日午時在南長山下見。

黎霜沒想到的是，在送信人回來時，巫引竟然……跟著一起來了。

一襲綢緞衣裳，手中拿了把玉扇，還是那樣鬆鬆地盤著頭髮，巫引就這樣用一臉人畜無害的表情，跟著一臉木然的信使來了軍營。

得到消息，黎霜迎了出去。

巫引見了黎霜，眸光一亮，像是偶遇老友一般驚喜，他收了扇子，朝她揮了揮手：「黎將軍，好長一段日子不見了！」這模樣，哪有半分害過人的樣子？

旁邊的軍士不知情況，皆是好奇地打量著他。

黎霜心知此人危險，一身蠱術不知道什麼時候就能往人身上使，她冷眼盯著他，又瞥了旁邊信使一眼，「把蠱收了，我還能與你好好談。」

巫引輕笑道：「這是自然，我不為害人而來。」言罷，他手心一轉，貼到信使的耳朵邊，不一會兒，一條黑色的蟲就從信使耳朵裡爬了出來。

信使登時雙眼一閉，癱倒在地。旁邊的軍士見此情況，嚇得齊齊倒抽一口氣。

巫引收了蠱，微笑著看黎霜，神色裡帶著幾分示好的意味。

黎霜冷眼看著他，手往營帳裡一引，「裡面請。」

與晉長安

Yu Jin
Chang An

第三章

兩人入了營帳，黎霜在主位上坐罷，壓下心頭想詢問黑甲人情況的急躁，與巫引道：「五靈門主倒是來得急，也不讓黎霜好生準備招待一番。」

「黎將軍在南長山下挖的那幾條壕溝，還不算對我的隆重招待？」

黎霜淡然飲了口茶：「火還沒放呢，算什麼招待。」

巫引失笑道：「黎將軍果然是殺伐決斷的人，我道妳是遣五萬人來送死呢，沒曾想，妳卻是要屠我五靈門。」

「門主言重，黎霜只是來找人的。」黎霜放下茶杯，眸中似凝了塞北冬日的寒冰之刃，「人在，南長山在；人沒了……這一山枯木，看著也礙眼。」

「將軍這話可嚇煞我了。都是老朋友了，何必這般劍拔弩張？」巫引眯著眼睛輕笑，似全然沒感受到黎霜言語裡的殺氣一樣。

「我可沒將你當朋友。」

黎霜話說得明白，巫引也沒有生氣。

「當朋友也好，不當朋友也罷。」他繼續道，「黎將軍妳委實多慮了，妳要找的人，可是我五靈門的寶貝，無論如何我都不會讓他出事，哪還需要談什麼人在不在呢……我今日來找將軍，是想與將軍商量一件關於他的事。」

「我不是來和你商量的。」黎霜手指輕輕劃過杯緣，語氣淡然，語意卻十分壓人，「放人還是燒山？可沒有第三個——」

「將軍。」巫引打斷了黎霜的話，那雙從來都是笑瞇瞇的眼睛裡面，終於露出了幾分正經的神色，「現今情況，不是我想將玉蠶交給妳就能交給妳的。退一步說，我便是將玉蠶放出來給妳，妳也未必制得住他。到時候妳這五萬人馬會死在誰手上，我可就不敢保證了。」

黎霜知道黑甲人是如何以迅雷不及掩耳之勢殺入敵軍直取將領首級的，他的速度與力量，別說放在長風營裡無人能敵，便是放眼天下，能與他一戰的，恐怕也寥寥無幾。

「你將他帶到五靈門後，對他做了什麼？」黎霜眸色冰涼地瞪著巫引。

巫引微微一撇嘴：「別用這樣的眼神看我，我可冤枉著呢。我將他捉回來，只是為了取出他身上的玉蠶蠱，畢竟我理想中的蠱人要乾乾淨淨，沒認過主才是最好的。哪曾想，這人的意志卻執著得嚇人。」

巫引一雙勾人的眼睛一抬，盯住黎霜，「黎將軍，他對妳，可是有著過分的執著。」

過分的執著……

「不過算來也差不多，妳從千里之外的塞北奔回，帶了五萬軍士來此燒山，也只為了救這麼一個人……妳對他，也過於執著了吧？」

巫引半帶打趣的言語讓黎霜沉默了。

她從未認真想過自己對黑甲人到底抱著什麼樣的感情，她只是想再見到他，想再看見他那雙清澈眼裡有她的身影。

想救出他——這個念頭壓倒了一切。

「我不想聽這些廢話。」黎霜強自將話題拉了回來，「你只需告訴我他的情況，以及如何帶他走，就行了。」

巫引將手抱在胸前，「好吧，簡單來說，我需要妳單獨和我回五靈門一趟。」

黎霜打量著巫引，似乎在質疑他的意圖。

迎著她審視的目光，巫引解釋道：「不妨與妳說，自從我帶玉蠶蠱人回到五靈門後，他便沒有一天消停。離開主人，有排斥反應是正常的，起初我並不在意，依舊用常規的引蠱手段，打算從他身上將玉蠶引出。哪曾想，隨著離開妳的時間越長，他的性情越發暴戾，已到了控制不住的地步。」

巫引嘆了口氣，揉了揉眉心，「我命人以精鋼鐵鍊鎖了他四肢和脖子，他仍是每日每夜地掙扎，鍊子都快用完一箱了，地牢換了三間，牆也拉裂了，每天光是防他逃跑就讓我頭疼。黎將軍可知，前不久我還當真有命人將妳請來的想法，正巧了，我還沒請妳，妳便自己尋過來了。」

「你想讓我隨你回五靈門安撫他？」

「本來是這樣打算的，但我不確定妳現在是否還能安撫他。」巫引道，「他現在神智不清，與世俗所言的妖魔鬼怪並無差別。」

黎霜沉吟片刻後道：「我隨你回五靈門，若能將他安撫下來，你願意讓他與我離開嗎？」

巫引一擺手，「拱手送給妳。」神情動作猶如送瘟神。

黎霜瞇起眼，「我如何信你？」

「將軍，我五靈門總共才四間地牢，這間再壞，我就沒地方關他了。」巫引見黎霜仍舊不言不語，他自懷裡摸出了一塊玉珮，順手丟給了黎霜。

黎霜自空中接下，觸手溫潤，是塊極好的白玉。

「這是何物？」

「此乃五靈門的門主腰牌，大概與你們朝廷的玉璽差不多重要吧。我向妳允諾，只要妳能使玉蠶蠱人鎮定下來，我便允妳帶玉蠶蠱離開，直至妳與玉蠶蠱人身死，我方才收回玉蠶，許你們一生一世安寧。」

言罷，巫引起身。

「畢竟離開了妳，玉蠶蠱人便無法控制，那我留他也無用。我現在當真只想找個人制住他，以防他徹底走火入魔，釀成大禍。言盡於此，巫引先行回去了。將軍若想來，帶著腰牌上南長山即可，妳若不想來，遣人將腰牌送回來也行，將軍且自思量吧。」

巫引掀簾而出，外面的軍士皆是緊張戒備地盯著他，但沒有黎霜的命令，誰也不敢動手，就這般目送他離開。

黎霜握著溫潤的玉腰牌沒坐多久，當即站起身來，掀了營帳門簾，出了帳，對守在帳外的付常青道：「從今天起，往後推三日，若我未從山中傳來任何消息，擇日燒山。」

她音色清朗，輕而易舉地傳入了還沒走多遠的巫引耳裡。

巫引腳步一頓，回頭望著黎霜，嘴角掛著意料之中的微笑。

黎霜緊握腰牌，踏步向前，付常青愣愣地在旁邊看著她，「將軍……」他本欲阻攔，但見黎霜腳步也沒頓一下，便住了口。

他認識黎霜的時間並不短，深知她對自己的決定，會以怎樣的決心堅持下去。

「末將領命。」他只能抱拳聽令了。

黎霜隨著巫引往南長山那方走，路上巫引閒得無聊，與黎霜聊道：「玉蠶本是咱們五靈門的鎮教之寶。」

黎霜瞥了他一眼，「五靈門的鎮教之寶在塞北出現？」

她的口氣帶著強烈的不信任，引得巫引一聲笑，「我剛知道這個消息時，也覺得奇怪來著，其實這事說來話長。」

「二十年前咱們五靈門發生了一件大事，那時我還小，我爹早死，我剛坐上門主之位，還沒坐穩，我的護法靈女卻突然心生他念，想搶了門主之位來坐。

「我還沒死的娘當然不樂意，便與靈女一番爭鬥，最後靈女一派敗走南長山，她們逃的時候順手偷走了玉蠶，我娘遣人出去找了許久也未曾找到。而今看來，她們應是跑到塞北去了，走了那麼長的路，也是難為她們。」

聞言，黎霜腦海裡閃現鹿城外樹林裡的地下石室，滿地屍體，與那「詐屍」的老婦人。

她猶記得老婦人一身衣裳額外精緻。

「樹林裡的地下室與你們那什麼靈女，可有關係？」黎霜詢問，當初巫引也是在那兒設計坑了黎霜與太子，還有那黑甲人。

啊，還有晉安。

那個同樣來歷不明的小孩，自黑甲人消失後他也沒再出現過……

「那便是他們的藏身之處。二十年來，他們一直遊走在鹿城與西戎間，隱匿得極好，而且邊塞之地，消失幾個人也不足為奇，更便於她們找人餵蠱。老靈女聰明，會找地方。」

黎霜皺起眉頭，「你們煉蠱必須用人命來煉？」

「不一定，要看是什麼蠱。玉蠶蠱要以人血餵養一百天，方可與人融為一體，成為玉蠶蠱人，從此只聽施蠱者命令。但能撐住一百天不間斷用血餵養玉蠶的人，實在太少，像這次煉出的玉蠶蠱人也不太完整，才會認了妳為主。而且有些缺陷，或許是因為時間未到便強行令蠱蟲入體，才造成這般局面。」

「什麼缺陷？」

黎霜話音未落，山間小路裡閃過一道人影，是個藕色衣裳的女子，她給巫引行了個禮。

「門主，玉蠶又開始暴動了。」

巫引抬頭一望，只見天已暮色，落霞漫天，他深深嘆了口氣，回望黎霜一眼，「早知如此，當初我就不會費這麼大的功夫將他帶回。唉，這也算是老天對我棒打鴛鴦的懲罰吧……」

棒打鴛鴦四個字聽得黎霜一愣，巫引道了一聲：「時間緊迫。將軍，得罪了。」他一手抓了黎霜的胳膊，一手攬了她的腰，腳下輕功一起，黎霜只覺四周景物飛快閃過。

在塞北時，黎霜便知道他不比黑甲人弱多少了，只是沒曾想，原來他的輕功竟如此之快，也難怪當初在鹿城出現時，多次讓他逃過。

眨眼上了南長山，黎霜連五靈門的山門都沒看清楚，便被巫引帶進了門派的地牢處。

面前只有一個黑乎乎的山洞，洞門口裝著手臂粗的精鐵柵欄。

裡面吹出冰涼潮濕的風，還隱隱夾帶著些許動物般的低吼聲。

聽到這聲音，黎霜心頭一悸，緊接著心臟開始不受控制地快速跳動起來。

他在裡面。

巫引動了山洞之外的機關，精鐵牢門轟隆隆地從地裡拔了出來。

「請吧。」巫引引著黎霜進了山洞。

洞裡昏暗，不見天日，偶爾有水聲滴答，從天頂掉落在黎霜肩上。石壁兩側隔幾丈便點有火把，越往裡走，空氣越發潮濕，而那隨風而來的低嘯聲也越發震人心魄。

黎霜心神幾乎都被引了過去，不知走了多久，終於停在了一扇鐵門前，巫引推門而入。

門方一打開，一條鐵鍊迎面甩來。

黎霜聽風而動，微一彎腰，只聽那鐵鍊呼嘯的聲音從頭頂上劃過，狠狠砸在旁邊的石壁上，其力道之大，令鐵鍊深深嵌入石壁中三寸有餘。

「哎呀呀，糟糕了。」巫引在旁邊嘀咕。

黎霜往裡望去，只見三月未見的那人，如以前一樣赤裸著上身；但與以前不同的是，他胸口的火焰紋，遍布了整個身體，似一把烈焰將他整個人裹在其中。

妖魔鬼怪，不外如是。

「牢房還真的被他弄壞了。」巫引苦了臉。

黎霜只失神地望著那人，見他完全失了神智一般，雙腳與脖子上尚且套著精鐵鎖鍊，鐵鍊固定在身後的石牆之中，牽制著他的動作，但兩隻手卻已經掙脫了束縛。

並非他扯斷了鍊子，而是直接將鐵鍊從石牆裡連根拔出，方才那揮來的鐵鍊，正是他手腕的鐵鍊揮打而來，可見其力量之大。

牢房裡的人倒了七七八八，有的已經不省人事，有的還在地上呼救。

鐵門打開的聲音驚動了那人，他頭一轉，暗紅色眼瞳轉了過來，眼瞳深處映著牆上火光，似有鮮血光芒在竄動。

他看見了兩人的身影，卻無動於衷，臉部肌肉微微抽動，他喉頭發出警告的低吼聲，一切都讓他看起來像個危險的動物。

「看來他不認識妳了，黎將軍。」

巫引只是在闡述一個事實，但聽在黎霜耳裡，卻讓她的心涼了幾分。

巫引踏前一步，眸光在地牢裡一掃而過，「還能動的，快把傷者拖走！」他下了命令，臉上時刻掛著的笑容終於褪去，帶上了幾分門主該有的正經。

袖中精鋼摺扇掏出，巫引緩步踏去，一步步製造壓迫感，使那人的注意力全放在他身上，而旁邊爬起來的人，便趁此機會將無法動彈的人拖了出去。

「玉蠶，你又不乖了。」

巫引扇中有幽香散出。

黎霜在旁邊靜靜看著，只見黑甲人的神色似乎比剛才安定了幾分，直到巫引越靠越近，忽然間，暗紅色的眼瞳閃過光芒。

黎霜對這般殺氣有著再敏銳不過的直覺，她當即大喊：「小心！」

只見嵌入牆壁的鐵鍊一動，從巫引身後抽回，眼見便要打在他身上！

巫引身形一閃，霎時躲避開來，然而他沒想到這時旁邊剛有一人扶著傷者站了起來，鐵鍊回抽，惡狠狠地向他們打去。

這般力道若是打在他們身上，非死不可。

巫引擲出手中精鋼摺扇，將那鐵鍊勢頭一擋，然則卻依舊沒有阻止鐵鍊橫掃而去。

這時，忽聽錚然聲響，八面長劍凜然出鞘，黎霜躍空而去，劍尖穿過最外側的鐵鍊中心，力道垂直向下，長劍紮入堅硬石地。

黎霜一腳踏在劍柄上，讓長劍沒入地面一尺有餘，猶如鐵釘一樣將鐵鍊固定在地上，救下了兩人的同時，也止住了黑甲人左手的動作。

「黎將軍，好身手！」巫引閒得在一旁鼓掌。

黎霜懶得看他一眼，踏著鐵鍊徑直往那人而去。

巫引見狀，剛一張嘴制止的話還沒說出口，便見那人另一隻手倏地一動，另一條鐵鍊自地面而起，嘩啦一聲纏住了黎霜的腰，將她往他身前一拉，他一手便擒住了黎霜的脖子。

黎霜面色霎時漲得青紫。

眼見黎霜快被擰斷脖子，巫引手中精鋼鐵扇剛才卻不知被鐵鍊擊打到了哪裡去，沒有武器傍身，即便是他也不敢輕易靠近，唯有心急大吼：「妳喚喚他名字試試！」

玉蠶蠱認了黎霜為主，只是離開主人太久，狂亂暴躁不識人不辨事，別人喊沒什麼效果，若是黎霜喊，或許有機會。

但是……黎霜腦中一片空白。

她根本就不知道他叫什麼名字。

即使到現在，她也完全不瞭解他。她對他的記憶，只有那神祕的黑色面甲，那雙永遠印有她身影的清澈眼瞳，還有他永遠炙熱的胸膛與他胸前的紅色印記……

紅色……印記？

晉安也有。

忽然間，在黎霜感覺呼吸已經極致困難，所有聲音都離她遠去時，卻有一條線在她腦海裡以詭異的速度，清晰地串聯起來。

胸膛上的紅色印記，永遠只在晚上出現的男子與總是行蹤成謎且過分依賴她的小男孩，以及莫名其妙就洩露給了黑甲人的軍營消息，還有那「詐屍」的老婦人離開地牢，前去軍營尋找的人……

世上沒有第二隻玉蠶蠱了。

他是……

「……晉安？」

破碎的聲音艱難又微弱地傳了出去，猶如曇花一現般轉瞬即逝。但即使是幾乎讓人聽不到的嘶啞聲音，卻讓那雙暗紅色的眼瞳倏地一顫。

晉安渾身一僵，手指力道一鬆，握著黎霜脖子的力量消失，黎霜登時如布偶一樣癱軟在地。

她捂住脖子，艱難地喘息起來，每一次呼吸都竭盡全力，而每一次呼吸帶給她的都是撕心裂肺的疼痛，灼燒感從喉嚨一直燒進了胸腔裡。

晉安僵立在黎霜身旁，他眼中的暗紅慢慢退去，然而眼裡依舊血絲密布，只有漆黑一片的眼瞳中稍稍映出了幾分黎霜的影子。

她跌坐在地，呼吸聲音雖啞，卻大得嚇人，猶如壓著馬頭琴拉扯的聲音，夾帶著悶咳，聽得人心裡難受極了。

晉安沒動，只望著她，神情有幾分呆滯。

巫引見狀，有點拿不準晉安的狀況，畢竟剛才他用了誘敵的手段騙自己過去，現在的平靜並不代表沒有危害。

但無論如何，他還是要確保黎霜的安全，且不說這裡唯一有可能控制晉安的便是她，就說南長山下的那五萬等著燒山的兵，他也必須讓她活著。

她被晉安傷得不輕，需要治療，今日必須先帶她走。

巫引動了身子，晉安並沒有注意到他，只是盯著黎霜，那野獸一樣的眼睛裡未曾表露半點情緒。

巫引找到了方才被鐵鍊打到一旁的精鋼扇，他手一揮，打開扇子，三枚鋼針向晉安心口扎去。

面對危險，晉安的身體下意識地躲避起來，他往後一退，一個側身，一轉頭，將三枚金針盡數躲過，而當他回頭時，卻聽到喀的一聲。

鐵門從外面被鎖了起來，黎霜已不見了蹤影。

他的脖子與雙腳上面還套著鐵鍊，讓他只能在有限的範圍內活動。

他拉扯這鐵鍊，走到了他力所能及的離鐵門最近的地方。鐵門上有一個布滿細鋼絲的鐵網，隱約能讓他看見外面的情況。

「叫醫婆來。」外面巫引的聲音有幾分焦急。

晉安看見巫引背著紅衣銀甲的女子，一步步踏上了外面的臺階，很快地就消失在了他能看到的視線範圍。

焦躁。

內心難以按捺的焦躁，還有莫名而起的無助及害怕。

他在原地踱步，拉扯著鐵鍊與地面摩擦，眼瞳裡的暗紅色已經完全褪去，身上的火焰紋慢慢往心口處收縮。

指尖還有剛才那人的氣息。

他抬起了手，指尖上掛了兩三根髮絲，似有餘溫。這感覺讓他詭異地懷念，他想再見那人一眼，待在她身邊。

晉安不停地原地踱步，探著脖子往外張望，即便已經什麼看不到了。

他還能嗅到她的味道，還在離他很近的地方，沒有走遠。

晉安握著那幾根髮絲，執著地往鐵網外望著。比起先前的狂躁，他現在的焦急，更像是被丟下的委屈和哀求，像隻困獸或者……被迫與主人分開的小動物。

他不知道自己傷了什麼人，也不知道自己做了什麼，沒人告訴他答案。他只知道，胸口隱隱傳來了難以言喻的悶痛與窒息感。

她是誰？她還好嗎？

「不太好。」

蒼老的手摸過黎霜的脖子，不知道已經多少歲的醫婆馱著背審視著黎霜的脖子，她扶住黎霜的脖子，一扳，黎霜痛呼出聲。

只聽醫婆道：「拿點木板來，要綁上兩三個月，骨頭傷得重，短時間內說話會很費勁。」

巫引聞言，稍稍鬆了口氣，「命在就行。」

醫婆瞥了他一眼：「不是說這小姑娘來了玉蠶蠱人就能安靜嗎？怎麼也弄成這樣了？」她隨手往旁邊一指，一群哀哀喊痛的傷者，醫婆哼了聲，「沒用的小兔崽子！」

巫引苦笑道：「阿婆，這如何能怪得了我……」他看了黎霜一眼，又往木屋外看了一眼，「請將軍過來還是有用的，方才她叫了聲他的名字，他就靜下來了，看來完全安撫玉蠶蠱人只是時間問題。」

黎霜躺在簡單的木板床上，聽著巫引與醫婆對話，她嗓子疼，發不了聲，但已經清晰過來的大腦卻快速運轉著，只是她現在想的事與巫引的盤算，並不相同。

她反覆回憶，只記得方才黑甲人聽到「晉安」兩個字時，眼底閃過的波動。閉上眼後，她將過去在塞北發生的事都聯繫了起來。是啊，只有這樣，所有關於黑甲人與晉安身上的謎題，才能迎刃而解。

她忍著疼痛深深呼吸，不得不說，她是受到了很大的衝擊。

如果仔細想想，她最在意的事，其實不是晉安為何要瞞著她。

她可以理解晉安不安的心情，他之所以隱瞞，是因為他無從解釋，也害怕自己被當成怪物看待，或者是害怕她……將他趕走。

她真正在意的是……

她在塞北，到底抱著晉安，睡過多少次覺……

原來與晉安一起睡覺的夜裡，她感覺被人擁進懷裡，不是夢。

黎霜長長地嘆了一口氣。

她被一個悶聲吃豆腐的傢伙，占了那麼多次便宜，而毫不自知啊！

與晉長安

Yu Jin
Chang An

第四章

黎霜頸項上夾了木板，這樣才能勉強支撐她受傷的脖子。醫婆說她最好在床上躺上一個月，但沒有那麼多時間給她休養了。

第二天清晨，黎霜起床後，便給山下軍隊修書一封，讓他們按兵不動。待書信託人送下山後，她便扶著脖子，慢慢地往地牢去。

剛走到地牢入口，便見還有幾分睡眼朦朧的巫引正在那兒開門。

「黎將軍。」他見了黎霜扶著脖子的模樣，不由得將瞌睡笑醒了幾分，「妳不再躺幾天？」

黎霜瞥了他一眼，巫引還是笑咪咪地盯著她。

嘖，不是自己的兵，不怕她就算了，她還不能訓他。

黎霜只得冷著一張臉不說話，巫引兀自笑著拉了地牢的機關，與黎霜一同進了地牢。

「但聞昨夜玉蠶蠱人並無任何異動，算是他來長南山這段時間最安分的一晚了，玉蠶死忠於主的名聲果然不是虛傳。」巫引一邊引著黎霜下階梯，一邊藉著兩旁火光打量了她的神色一眼，「只可惜，這次的玉蠶主人不是我。」

聞言，黎霜終於瞥了他一眼，啞著嗓子道：「生不逢時，怪不得別人。」

巫引被這句話噎住，頓了頓才道：「黎將軍倒也不是一個客氣之人，不過我倒也沒怪過將軍。於我而言，玉蠶認妳為主，或許還是一件幸運的事。」

黎霜眉梢微微一挑。

不用她說話，巫引便續道：「黎將軍還沒發現吧？妳的身體開始變得與普通人不一樣了。」

黎霜一愣，思及不久前常萬山身中巫蠱，她將手靠近他心口時，那些蠱蟲都忙不迭地從常萬山體內逃了出來……

「玉蠶找到宿主後，融入宿主身體，至宿主死亡前都會潛藏在宿主的血脈中，給予宿主強大力量，也與宿主的血脈融為一體，成就玉蠶蠱人。

「玉蠶蠱人吸食的第一口鮮血會讓他認主，認主後便對主人死心塌地，同時會極度依賴主人，因為主人的氣息是唯一能安撫玉蠶的東西，也是唯一能使玉蠶與蠱人結合更緊密的東西。所以玉蠶蠱人會極渴望待在主人身邊，時刻感受主人血脈中的氣息，甚至會渴望與主人……交合。」

黎霜渾身一僵，差點一腳踏空，從樓梯上摔下去。巫引連忙扶了她一把。

面對黎霜驚詫的目光，巫引有些無辜地撇了下嘴，「我阿爹養的玉蠶蠱人是個大美人，可我阿爹死後靈女與我阿娘爭輸了，她便偷了玉蠶便跑了。她想養的蠱人，自然是個男的。」巫引笑了笑，「我觀這玉蠶蠱人的身材樣貌，也著實是個世間少有的極品。」他朝黎霜眨了下眼，表情充滿不可言說的微妙，「將軍有福了。」

「咳咳……」黎霜咳了幾聲，嗓音沙啞至極。

「玉蠶蠱人一旦與主人接觸久了，或有身體交流後，主人便也會染上玉蠶蠱的氣息。玉蠶蠱乃王者蠱，其他蠱蟲皆是懼怕不已，所以妳到五靈門來，即便沒有任何驅蠱手段，也沒有蠱蟲敢招惹妳。」

身體交流……

黎霜聽得耳根子發熱。

她與晉安的身體交流……只有蓋著棉被純睡覺而已……雖然有幾次是被強吻……

「那你……還去找他？」黎霜努力岔開話題，讓自己不再去回憶。

「其實對我來說，找不找玉蠶都無所謂。」巫引解釋道，「前些年沒找到玉蠶時，也無人敢來冒犯五靈門，可因著這是族裡聖物，老一輩不願就此放過，便命我定要找回玉蠶蠱，將它帶回。在得知玉蠶蠱人為男子時，我就有從他身上引出玉蠶蠱的打算，我可沒興趣讓一個男人每天對我垂涎三尺。」

黎霜覺得有些好笑，想想若是晉安像纏她一樣纏著巫引，那畫面……有點難以言喻。

「沒想到……」巫引指了指面前的門，「他比我還執著，無論如何，也都沒讓我把蠱取出來。」

黎霜站在鐵門前，透過門上的空隙，看見了裡面，還是與昨天沒什麼兩樣。

昨日巫引將他帶走後，再也沒有人敢靠近這裡，鐵門鎖著，裡面牆上的鐵鍊斷了兩根，還有三根分別困住了那人的頸項與雙腳。只是與昨天夜裡不一樣的是，在那方被困住的，已經從一個肌肉分明的男子，變成了一個小孩。

衣服像破布一樣掛在他身上，他好像累極了，蜷縮在冰涼的地板上，靜靜地睡著。

是晉安。

真的是他。

「當真主人來了就安心了。」巫引也往裡面望了一眼，「許久沒見他這般睡著了。」

「他……」黎霜艱難開口，「為何會……」

「許是靈女煉蠱人時出了些差池，但具體原因我也不太清楚，只知道將他捉回的那一天，他便是白天變小晚上變大，變來變去……」巫引頓了頓，「妳與他在塞北待了那麼久，妳都沒發現？」

黎霜沉默。

她沒發現。

她只懷疑過晉安是黑甲人的兒子，但……誰能想到竟是這樣的狀況？正常人都想不到吧！

「他算是五靈門創建以來最奇特的蠱人……唔，雖然妳也算是最奇特的主人。」巫引道，「歷代玉蠶蠱只會認五靈門門主為主人，門主自小接受蠱術教導，對我們來說，玉蠶蠱人不過是個人形的蠱罷了。我父親養的玉蠶蠱人，他會與她有必要的接觸，但不會抱她、吻她，也不會對她有對我母親那樣的感情。」

黎霜望著裡頭的晉安，耳裡聽著這話，不自覺地皺起了眉。

「對一個蠱投入感情……黎將軍，妳要小心。」

這算是巫引對黎霜說過最為善意的話了。

「他是沒了人性的蠱，他沒有過去的記憶、身分……他對妳的依賴、留戀與忠誠，皆因他是蠱人，他必須忠誠於妳而已，將軍需拿捏好分寸。」

拿捏分寸？什麼是分寸？

在她眼裡、心裡，晉安不是一隻蠱，而是一個活生生的人。對他而言，他也不是沒有過去，沒有身分。

他有。

他有他們的過去，他也有身分——那個叫晉安的身分，那個流傳在塞北、成了傳說的身分。

他是人，不是蟲。

黎霜推開鐵門，踏入地牢，蜷縮在地上的小孩被驚醒，抬起了頭。

他望見了黎霜，頓時似有千萬丈光芒照進了他的眼底，讓他一雙眼睛亮了起來。

這一瞬間，黎霜心底的堅硬好似全被軟化了。

她走上前，在晉安面前跪坐下來，抬起手，幫他抹掉臉上的汙泥。

晉安則抬起了手，輕輕碰了她脖子上的木板後，一雙透徹清亮的眼眸紅了起來。

「很痛吧……」不是詢問，而是肯定，那心疼的語氣像是有刀子刺進他的心窩一樣。

黎霜見晉安的目光，心中的柔軟夾雜了幾分酸澀，她摸了摸他的頭，沒有說話，她怕她的聲音太過沙啞，讓他更自責。

牢裡一時靜默，巫引站在旁邊看了一會兒，見晉安神態安靜，便輕咳一聲：「黎將軍……」他這方一開口，晉安卻轉頭盯住了他。

在視線離開黎霜的一瞬間，晉安的眼神瞬間陰沉起來，裸露的胸膛處，火焰紋慢慢變大、燃燒，往頸項上爬去。

「晉安。」黎霜輕輕喚了一聲，聲音極低，但也足以讓晉安聽到了。她將晉安的臉掰過去，強迫他看著她，「我沒事。」

晉安眼裡的殺意似乎被黎霜鎮定的聲音安撫了下來。隔了一會兒，他又抬起手，摸著黎霜脖子上的木板，靜默不言。

巫引嘆了一口氣，「看來鍊子還不能解。」

同時，黎霜卻道：「你把鑰匙給我。」

「……」巫引揉了揉眉頭，「早聽說你們帶兵打仗的人膽子大……黎將軍，方才我也與妳說過了，他是……」巫引頓了頓，見晉安現在對他沒什麼反應，才繼續道，「即便妳是蠱主，可他情況不穩定，不要掉以輕心比較好。」

「我知道。」黎霜聲音沙啞，但語氣依然堅定，「鑰匙給我，你先出去。」

是打算……把自己和玉蠶蠱一起關在這個房間嗎？

巫引挑了挑眉，審視著現在的晉安，但見對方只是皺眉望著黎霜的脖子，一遍又一遍地輕輕撫摸，並無任何危害。

讓蠱主與玉蠶蠱單獨待著也好，主人身上的氣息會慢慢撫平他內心的躁動。

巫引自袖裡拿出鑰匙，放在地上，「我便在門外，不走遠。」落了這話，他退出去，關上了鐵門。

黎霜聽得外面鐵門上鎖，才把晉安的手拿下來，隨即過去撿了鑰匙。

而在她撿鑰匙時，晉安就巴巴地望著她，因為鐵鍊牽制了他的動作，他抬著手，明明摸不到，卻像是要幫黎霜托住脖子一樣。

黎霜拿了鑰匙一轉身，看見他這姿勢表情，一時忍俊不禁，「我腦袋還不會掉。」

她輕聲說著，行回來，極是自然地幫晉安打開了腳上和脖子上的枷鎖。取下鐵鍊，她才發現他脖子上的皮膚潰爛了一整圈。

黎霜皺起眉頭。

她一露出這樣的表情，晉安便將手縮了回去，蓋住自己的脖子，錯開目光，像是怕自己脖子上醜陋的傷口嚇到她一樣。

「我很危險。」晉安道，「妳還是把我鎖上……」

黎霜沒有搭理他的話，只是起了身離開。

晉安看了她的背影一眼，張了張嘴，最後還是什麼都沒說。

她離開是應該的。

這麼多天以來，他基本上都處於無法控制自己的狀態，只覺得自己變成了一顆火球，渾身都在燒，將他心底的戾氣與殺氣盡數引了出來。

他想掙脫所有禁錮和束縛，殺光所有靠近他的人，他只隱約感覺到遠方有一個可以讓他平靜下來的地方，有個可以讓他沸騰的血慢慢涼下來的人。

但是昨天他見到這個人時，沒有認出她之外，還傷了她。

晉安對自己的自制力沒了自信。

黎霜是該離開他的，越遠越好，不要讓他看見，也不要看見他，這麼醜陋可怕的他……

「幫我拿點藥來，他的傷口需要敷藥。」

黎霜的聲音在門口響起，晉安愣了愣，有幾分不敢置信地看著她的背影。

沒一會兒，巫引開門將清水與藥膏遞了進來，而後再度關上了門。

黎霜接過東西，回到晉安面前蹲下，讓他抬高下巴，幫他清洗了脖子上的傷後，隨即一點一點輕輕地幫他上藥。

她是將軍，打慣了仗、拿慣了刀，做起這種需要溫柔的動作時不太能掌握輕重，常常一按下去，讓他的傷口更疼了。

晉安默不作聲，乖乖忍著，因為比起內心翻湧的情緒，這點疼痛早已引不起他的注意了。

「妳不怕我？」晉安問她。

黎霜淡淡看了他一眼：「為什麼要怕？」

「我傷了妳。」

「只是一時沒控制住罷了。」

「萬一……我之後又控制不住怎麼辦？」晉安說著這話時，情緒有些激動起來。他心跳一快，胸膛的火焰紋又開始蔓延。

「你現在不是很好嗎？」黎霜拍了拍他的腦袋，「休息一下吧？」

她的情緒太冷靜，讓晉安心頭的躁動也無處可去。隔了一會兒，他看著黎霜拍了拍她的腿，晉安遲疑了一下後，躺了上去，將頭枕在她腿上。

「睡一下吧。」黎霜靠著牆，輕聲道，「昨晚一定都沒睡好，我也要歇歇。」

晉安小心翼翼地調整姿勢，怕自己的重量壓疼了她。

黎霜的手一直輕輕地在他頭上撫摸，動作那麼輕、那麼柔，像是春日裡最和煦的春風，暖得讓人心醉。

滿心的焦躁不安就這樣輕而易舉地被撫平了，鼻尖縈繞著她的味道，貼著她的皮膚，感受著她的體溫，一切令他安心。

在她的安撫下，他慢慢睡了過去。

此時，黎霜發現自他睡著後，他腳腕上的傷竟以肉眼可見的速度在飛快癒合。

黎霜怔了怔，這才明白過來，為什麼以前從沒疑心過他們是同一人。

之前變成大人的晉安來幫她時，身上總是受了大大小小的傷，但第二天變成小孩之後，他身上的傷都不見了。

這麼可怕的癒合速度，普通人恐怕難以想像吧。

黎霜嘆了一聲，又想如果晉安這般離不得她，那以後等她回朝，上交軍權，嫁與君王，晉安又該何去何從？

還有……在變成蠱人前，晉安的身分到底是什麼？

在種種問題中，黎霜背靠牆壁，也漸漸地睏了。其實未來沒什麼好怕的，她這一路奔波是為救他性命而來，現在這個人還完好地躺在她懷裡……

不管如何，至少沒有違背她的初衷。

與晉長安

Yu Jin
Chang An

第五章

一覺醒來，四周還是不變的漆黑，封閉地牢裡的時間像是不會流逝一樣，黎霜有點迷糊，分不清日夜。

隔了一會兒，她感受到腿上微沉的重量，垂頭一看，頓時分清楚時間了。晉安變成了成年男子，那應該是晚上了。此時的他沒帶黑甲面具，五官更顯精緻。

他還在沉睡，或許是這些日子都沒有好好安心睡過一覺吧，所以一入眠便難以醒來。

看著他安靜的睡容，黎霜便想起了幾個月前的那些夜裡，黑甲人總是輕易地挑動她的心緒，憤怒也有，害羞也有，悸動也有……

黎霜一邊想著，一邊用手輕碰他的臉頰，指尖輕劃過他的眉骨與鼻梁。

晉安的眼窩比大晉的人更深邃一些，若比較起來，他更像是西戎的人，卻又帶著西戎人所沒有的精緻；睫毛也長，只是眼下稍微有些青影，是這段時間受盡折磨的證明；還有他乾裂的唇，翻起了白色的皮，刮在她的指尖上，令人莫名心癢，使她不由自主地在他唇瓣上遊走起來。

意料之外的，那睡夢中的人竟輕輕張開了嘴，黎霜的手不經意落入了他的唇齒之間。

他咬住了她……

唇齒的動作很輕，帶著來自他身體裡的溫度，暖得讓人心尖發顫。

黎霜下意識地想抽出手，但咬住她手指的牙卻是一個用力，將她的動作止住，不重，也不輕。

他沒鬆開她。

黎霜轉眼一看，晉安竟是不知什麼時候睜開了眼，靜靜地躺在她腿上，就這樣曖昧至極地咬著她的手指，專注地凝視著她。

四目相接，地牢裡夾雜著曖昧難解的氣息，一時沉默。

「晉安……」黎霜找回理智，她輕咳一聲，挪開了目光，「放開我。」

晉安唇齒微微一鬆，讓黎霜的手指重獲自由。

黎霜剛鬆了口氣，便聽晉安開口道：「妳喜歡摸我嗎？」

好直接！

如果晉安是個小孩，其實黎霜不會這麼尷尬，但現在面前的是一個男人，還長得很符合她的喜好……黎霜又覺得自己有點害羞了。

她又咳了一聲，還沒答話，晉安又道：「我想吻妳。」

「啊？」黎霜愣了一會兒。

晉安從善如流地又說了一遍：「我可以吻妳嗎？」

黎霜愕然，「你……」

「他說他想親妳，啾啾啾的那種。」地牢外傳來巫引看熱鬧的聲音，「我都聽到啦！」

黎霜尷尬過後，惱羞成怒，微一咬牙：「你怎麼還在外面！」

不等巫引答話，晉安從黎霜腿上坐了起來，目露殺氣，「我去殺了他。」

黎霜連忙拉住他，外頭的巫引也不知將什麼東西放在地上後，連忙道：「哎呀，真是不識好人心！我在外面守了一下午，剛去幫你們拿了飯來，你們就要殺我，太沒天理了！」

黎霜也站了起來，可是睡得太久，血脈不通，起身的一瞬間便覺腿麻不已，猶如萬蟻噬肉，她一歪，晉安連忙扶住了她。

方才還殺氣流轉的眼眸裡，頓時露出了幾分擔憂與……懼怕，像小孩面對自己最珍貴的東西一樣，捧著怕摔了，含著怕化了。

黎霜擺了擺手安撫道：「腿麻而已，沒事。」她讓晉安扶著她到門邊，「今夜便讓晉安出去吧。」

這下輪到外面的巫引沉默了一瞬，「外面還躺了一地呢，醫婆也七老八十了，逃不快。」

黎霜知道巫引的顧慮，她相信晉安，不問為什麼，只是相信他。

「不然你拿副手銬來，將我與晉安銬在一起，這樣可行？他不是囚犯，不該被關在這裡。」

晉安眸光一動，看了眼黎霜脖子上的傷，還有她纖細的手腕。雖然她在別人眼裡是率領千軍萬馬的女將軍，但是在他眼裡，他只想將黎霜藏在身後，讓她待在最隱祕安全之處。

「我待在這裡就好。」晉安道，「妳也不是囚犯，不用因我而被束縛。」

黎霜轉眼看他。

此時，只聽喀一聲，地牢鐵門被打開了。

巫引站在外面，神色無奈又帶著些許好笑地盯著他們，「行了行了，我都快被你們甜蜜死了，走吧走吧，我讓人幫你們安排一個房間。玉蠶蠱人與主人待在一起時，理當不會有什麼差錯。」他端起地上的飯食，「出去吃吧。」

一路上，黎霜都牽著晉安的手，直至快到地牢門口時，外面月光鋪灑於地，久未見月光的晉安忽然頓住腳步。

黎霜的手不慎滑落，她轉頭看他，「怎麼了？」

晉安不答。

黎霜便也沒有催促，只是靜靜地伸手，對晉安道：「不要怕，跟我走。」

黎霜站的地方，恰有清涼月光薄薄地照入，晃眼看去，似她身上有光一樣。

「我不會傷害妳。」他像發誓一樣地說，「我也不會傷害妳不想讓我傷害的任何人。」

「我知道。」黎霜溫柔卻堅定，「我相信你。」

晉安重新將手放到她的掌心上，兩人的手都如火一般灼熱，相互溫暖，彼此依賴。

「黎霜。」他第一次這麼認真地呼喚她的名字，「妳會是我餘生的唯一。」

黎霜張了張嘴，正想回答她很高興，突然聽到遙遠的軍號聲傳來，頓時，她說不出來了。

她想到了將軍府，想到了塞外的長風營，想到了高高在上的君王，還有她從君王那裡，用自己餘生討來的大軍。

她救了他，可是她的餘生裡，卻無法成為他的唯一。

離開山洞，天上明月朗朗，晉安仰頭一望，眼睛被光線刺得有些不適，可清風伴著月光，讓他難得地感到內心平靜，尤其是還牽著黎霜的手……

忽然，一陣聲響打破了夜的寧靜。

晉安轉頭一看，在他與黎霜身前，有個女子摔碎了手裡的陶罐，也不敢撿，只呆呆地愣在原地，懼怕地望著晉安。

晉安向前一步，她便哆嗦地往旁邊退一步。

目光再往其他地方一掃，不止是她，所有五靈門人皆是如此，望著他的眼神充滿按捺不發的恐懼與驚惶。

婦人抱住自己的孩子，丈夫將妻子攔在背後。

晉安耳力好，能聽到周圍草屋裡傳來的痛苦呻吟，一切都在告訴他，他是一個凶手，一個可怕的怪物。

他還來不及做出任何反應，黎霜便將他的手握得更緊了些。

晉安看著黎霜，不出意外地在她眼裡看見了自己的身影，她在安撫他，她在關心他的情緒，體貼他的感受。

晉安柔了目光，其實他沒那麼脆弱，他能擔下自己犯的所有罪惡，可以接受外人的所有猜忌和敵意，只是黎霜的關心更讓他安心和平靜。

「好了好了。」巫引在一旁拍了拍手，「玉蠶蠱人已完全認主，情緒也已穩定，諸位且安心。」他開了口後，旁人的目光雖仍有防備，敵意卻輕了許多。

巫引著人去通知幾位長老待會兒到他屋裡開會，這方領著黎霜與晉安去了稍偏一些的地方，給了他們一間木屋。

「五靈門裡條件就這樣了，族人生活時與普通山裡人沒什麼兩樣，黎將軍身分尊貴，只能委屈妳一下了。」

這裡條件再差也沒有行軍打仗時來得差，黎霜是不挑這些的，只是……

「一間房？」

「對啊。」

黎霜踏進去，掃了一眼，也沒有屏風隔斷，就擺了一張桌子、一個櫃子、一張床。

「只有一張床？」她轉頭看巫引。

巫引點點頭，「屋子那麼小，能擺一張大床就不錯了，其他族人都是睡小床的。」

「那……」

「妳不會打算和玉蠶蠱人分開睡吧？」巫引搶了黎霜的話，這麼直接乾脆的反問倒讓黎霜有點愣神了。

而晉安聽了，也直直地盯著她，眼神中的含意簡直像在重複巫引的話——妳不會打算和我分開睡吧？

怎麼……難道不應該分開睡嗎？為什麼搞得像她要分開睡是個很不合理的要求一樣？

「玉蠶蠱這才安靜下來，最好是一直和主人有接觸才好，主人身體裡的氣息就是最好的安撫劑。」巫引解釋，「依我看，這玉蠶蠱人……」

「他叫晉安。」黎霜打斷他的話。

「好好好。」巫引點頭：「依我看，我們晉安啊，之所以會變成這白天小孩晚上大人的模樣，多半是因為身體和玉蠶蠱還沒有完全融合。主人的氣息能讓玉蠶蠱和蠱人融合得更快，待完全融合後，就不會出現變大變小的情況了。」巫引摸著下巴思索著，「其實抱一抱、親一親，最好是有什麼深入接觸更好……」

「你可以走了。」黎霜下了逐客令。

「別急著趕我，待會兒我要和幾個老頭子商量你們的事。」巫引笑了兩聲，「將軍妳打算什麼時候帶著晉安離開？之後又打算如何安排他？雖然我之前答應妳可以帶走晉安，可是玉蠶蠱最終還是要回到五靈門的。在玉蠶蠱還在他身體裡時，五靈門仍需要知道他的去向，以便保護。」

保護還有監視。

黎霜明白他們的目的，但她無法立刻給出答案，因為她也不知道之後能帶晉安去哪裡。

讓他離開自己？好像不行。

帶他回京城?然後呢?到京城後又該如何安置他?

不久後，她恐怕就要嫁入宮中了，別說司馬揚，便是滿朝大臣便不會允她帶著晉安進宮。

更遑論晉安如今還身世成謎，白日夜裡體型變換的部分也難以解釋。

「明日我會寫信去山下軍營，著一部分部隊先行回京，我會在五靈門待上三日，三日後觀晉安情況，再做打算。」

「也好。」巫引點頭，「這三日時間也可讓我好好研究一下玉蠶蠱人，看有沒有辦法解開他變大變小的問題。」巫引轉身要走。

黎霜倏爾想起一事。

「你別動，在這裡等我。」她留下這話，鬆開晉安的手，便出了門。

晉安看著黎霜離開，他愣了一瞬，下意識想將她拉回來，但又知道自己不該如此，便強忍了心頭那股跟上去的衝動，握緊了手，緊盯著她的背影，直至她與巫引轉了彎，再也看不見身影，他才死心。

這方，黎霜追上巫引，特意與他走得遠了些，確認晉安不可能聽到自己的聲音了，才問道：「玉蠶蠱入了那人身體後，就會剝奪那人過去的記憶嗎？有沒有辦法找回他的記憶？」

黎霜想，若是能知道晉安的身世，待他的身體與玉蠶蠱不再衝突後，他的情緒能長時間穩定，他或許可以回到他的故鄉，繼續以前的生活。

巫引困惑，「咦？他沒有過去的記憶了嗎？」

「你不知道？」

「我不知道。」巫引沉思，「歷代玉蠶蠱入了人體，使人變成玉蠶蠱人後，並不會剝奪那人的記憶。只是對玉蠶蠱人來說，最重要的不再是過去，而是現在的主人，他們不會忘了過去，只是不懷念而已。如果晉安記不得……大概是因為玉蠶蠱和他身體融合出了差錯，導致對記憶的誤傷。」

黎霜沉凝，「如此說來……」

「妳和他交合一下，說不定就好了。」巫引直白地吐了這麼一句。

「胡鬧！說什麼荒唐話！」黎霜差點被氣死。

「冤枉啊！我說的是最便捷又生效快的法子。」他道，「妳沒發現嗎，日落日出時分照理說是他身體變換的時刻，但只要妳在他身邊，越是親密，他保持狀態的時間就越長。妳要是和他在男子狀態時交合，搞不好一次就讓他定型了。」

巫引的話沒有半點隱晦，聽得黎霜心頭又惱又氣，還一臉羞紅，偏偏想不到其他駁斥的話。

最後只得咬咬牙，丟下一句：「你再想想別的法子。」就轉身走了。

回到小木屋前，晉安還保持著她離開前的姿勢，半分沒動。

他靜靜地看著她，像是忍了很久，直到黎霜走到他身前，他才用一隻手小心翼翼地拉起她的手，慢慢地與她十指相扣，另一隻手輕輕觸碰她的後背，將她慢慢拉進懷裡，確定她沒有反感後，才放心地圈住她。

「我一點都沒有動。」晉安道，「下次妳快點回來好不好？」

一句話，將黎霜的心都問軟了。

如果說方才在巫引那裡聽到的那些話是一桶煙花，將她炸得頭暈目眩，那在晉安這裡聽到的這些話，便像是一盞隨波而來的花燈，搖搖曳曳、不徐不疾，順著心裡流，暖了她心裡每一個尖銳的角落。

「好。」

得到黎霜的回答，晉安像是鬆了一大口氣，靜靜地靠著黎霜一會兒，才問：「妳不想和我睡在一起嗎？」

提到這事，黎霜微微推開了晉安，有些頭疼地揉了揉眉心，「不是……只是……我們不能睡在一起。」

「為什麼？在地牢時不是也睡在一起嗎？」

「這……」黎霜有點不知道怎麼回答，「雖然在地牢裡是那樣，但那是環境所致……」

「以前不在地牢時也睡在一起過。」

晉安的話嚇到了黎霜，「我什麼時候和你睡在一起……」她突然想起，在她以為晉安還只是個小孩的時候，確實……「那是意外。」

「在塞北的夜裡，很多時候我都和妳睡在一起。」

「什麼？」

「我晚上都會悄悄溜進妳的營帳裡，妳門口的侍衛從沒察覺過。我會守著妳，誰都靠近不了，也不會吵妳睡覺。」

黎霜從他懷裡退開，震驚地走進屋裡，坐到椅子上。

晉安也想湊過去，黎霜推了他一把，「站好，我要和你談談。」

晉安不解，但還是老實地站著。

黎霜深吸一口氣，要開口，卻又不知道該怎麼講，最後只好道：「你給我站上兩個時辰，我沒說動就不許動！」

「好。」

他答得太快，讓黎霜一點也沒有訓人的感覺。

「想知道我為什麼罰你嗎？」她沉著臉問。

「不想知道。」

黎霜一愣，「為、為什麼？」

「妳說什麼，我聽就是了。」

「……」

她在罰他，而他在寵她。

黎霜滿心無奈，自己竟然這麼輕而易舉地對面前這個人，動了心。

與晉長安

Yu Jin
Chang An

第六章

在清醒時，黎霜自然是不會讓晉安和自己睡在一起的。她在床下鋪了毯子，將床留給了晉安。

未料到了早上，她卻和晉安一起睡在床上，他將她抱在懷裡，像是保護著自己珍藏的寶貝一樣，充滿了占有感。

黎霜動了動，他立即將她抱得更緊了些，百般無奈之下，她只能任由他抱著睡。

她看了眼外面天色，但見朝霞已經紅了天，晉安卻還未變成小孩，可見昨天巫引說的話是對的。

他在她身邊，靠得越緊，接觸她的氣息越多，真的會影響變化的時間。

為了讓晉安恢復正常，難不成真要……

「妳醒了。」低沉沙啞的男聲在耳畔響起。他從身後抱著她，他的呼吸輕易地縈繞在她耳邊，有點暖，有點濕潤，也有點癢。

配著現如今的場景，竟曖昧得讓黎霜有些臉紅。

她掙脫了晉安的懷抱，坐起身，揉了揉耳朵，像是這樣就能揉掉晉安方才噴灑在她耳邊的氣息一樣。

沒去追問晉安怎麼會抱著她一起睡，也不再過多糾結昨晚的事，畢竟有些事越問就越尷尬。

當然，晉安不會有那樣的情緒，會尷尬的只有她……

「咳咳……」她清了清嗓子，「我先離開一下，有事要交代山下的部隊，不會太久。」

她說完這句話，剛走到門口，不經意回頭一望，便見晉安已經變成了小孩的模樣，衣服寬大地搭在身上。

小孩目光定定地望著她，黎霜腳步頓了頓：「我頂多半個時辰就回來，你別傻等，想做什麼就去做什麼。」

「好。」

黎霜這才放心離開。

她找巫引要了紙筆，給山下部隊安排的撤軍計畫剛寫到一半，便有五靈門的人從山下引來了一人。

「將軍。」

來者出現在時，全然出乎黎霜的預料。

「秦瀾？」她望著一身風塵僕僕的秦瀾，有幾分怔愣，「你為何來了此處？西戎那邊……」

秦瀾靜靜地看了黎霜一會兒，隨即垂了眼眸，沒有言說他事，直接道：「確實是有關西戎的事。」

聞言，黎霜的神情立即嚴肅起來。

秦瀾繼道：「西戎王上於前月暴斃，太子未登基，反倒是西戎王上的弟弟東甘王登基為帝，西戎變天了。」

黎霜一怔，西戎的情況她是知道的。

西戎王后性格剽悍，不允許後宮女子給西戎王上生育子嗣。然而，王后至今也只為西戎王生過兩子——大兒子生性痴傻，難成大業；幼子年幼，難獨當一面。王上的幾位兄弟覬覦王位多年，朝廷內外常年都是權利鬥爭。

而今西戎王上暴斃，幼子未曾即位，卻是西戎王上的三弟成了新帝，其中到底發生了什麼事，恐怕只有當事人才知曉了。

「西戎換了新帝，待我大晉如何？」

「東甘王岱欽成為新王，比起先王的好戰，他似乎……」

喀。

一聲脆響，擾了正在談話的兩人，黎霜與秦瀾轉頭一看，只見晉安站在門口，手中的杯子已經落在地上碎了。

他神情有點呆怔，難得目光沒有落在黎霜身上，而是怔怔地看著空中，像是失了神。隔了好一會兒，眼裡才重新找到焦距，卻改盯著秦瀾看。

見他神情怪異，黎霜奇怪地喊：「晉安？」她喚他的名字，才終於將他神智找回來一樣，「你怎麼來了？」

「妳說讓我做想做的事……」他的神情比平日呆滯幾分，但他不用把這話說完，黎霜也懂他的意思。

他最想做的事就是待在她身邊，所以捧著茶來找她了。

黎霜有點無奈，卻也有些被依賴的微妙甜意。

秦瀾見了晉安，挑了挑眉梢，「將軍，這孩子……」

「說來話長。」一時半會兒也沒辦法和秦瀾說明晉安的狀況，黎霜便將這事帶了過去，「還是先談談你為何來尋我吧。西戎新王可有新舉動？」

「新王岱欽派使者來京，表意西戎願與大晉簽訂休兵十年的協議，只是使者要求先面見將軍。」

「先見我？」黎霜困惑，既然使者都去了京城，與司馬揚談妥休兵一事不就好了，何必見她？

此時，一旁的晉安難得主動插話問：「你再說一遍，西戎新王叫什麼？」

秦瀾覺得這孩子比在塞北時更怪異了，但一時也說不上哪裡怪，便答了他的問題：「以前的東甘王，岱欽。先王的三弟。」

晉安不說話了，目光直愣愣地看著前方。

察覺到他的不對勁，黎霜蹲下身，輕輕抓著他的肩，「怎麼了?你認識東甘王岱欽？」

晉安用了好久，目光才回到黎霜臉上，「沒有，不認識。」

秦瀾還在，黎霜也不好再問其他問題，適時外面的巫引經過門口，「在這裡啊。」他伸了手，對晉安招了招，「來，我帶你去檢查身體。」

晉安難得乖巧地跟著巫引走了，只剩黎霜與秦瀾在屋裡。

「將軍。」秦瀾喚她，「屬下知曉將軍此行是為救那神黑甲人，為何不見黑甲人，反而晉安在此？」

「晚點再跟你解釋。」黎霜搖了搖頭，收回心神和自己的猜想，「西戎使者幾時入京？」

「我此次便是從塞北護送西戎使者入京，然後奉皇命前來接將軍回京。聖上極為重視休兵一事，將軍……恐怕即日便要啟程。」

黎霜回頭望了眼桌上的撤軍計畫，她本來打算在五靈門多待一段時間，至少等晉安情緒穩定一些再離開的。現在看來，她的時間比原本更少了。

「今天走不了。」黎霜道，「明……後日吧。先讓大軍回朝，後日我快馬加鞭，自能趕上軍隊。」

秦瀾默了許久，「將軍是有何事……在等那黑甲人嗎？」

其實黎霜知道，光是兩天，也很難讓晉安一下就找回記憶、恢復成普通人的樣子，但她光想到要和晉安說明她往後的去向，就很擔心他會有何表現。

大概會與那日她讓他等，他就一直等著她的神情一樣吧。

只是，她入宮之後，晉安怕是等一輩子，也等不到她了。

「對……」黎霜道，「等兩天吧，就這兩天。」

希望這兩天，能比以往的任何時間更長些。

黎霜修書一封，著各將領帶兵回京。

接信的將軍們擔心黎霜安危，不願就此離去，一同上了五靈門，見了黎霜，看出她脖子上有傷，幾位將軍當即怒了。

他們皆是追隨大將軍南征北戰多年的人，算起來還是黎霜的半個叔叔，黎霜好說歹說安撫了他們，付常青卻不願走。

「將軍，實不相瞞，此次出兵，大將軍對我等千叮嚀萬囑咐，定要護好妳。

如今將軍身陷險境，我等……」

「並無大礙，此傷乃意外所致。」黎霜頭疼地打斷他。

「如何是意外？將軍這是當未將眼盲了？這傷看來下手極重，傷了咽喉，累得說話也沙啞不堪，那人定是下了殺心！」

付常青刻意放大了聲音，欲讓五靈門人都聽到，叫他們難堪。

黎霜第一反應卻是回頭望了眼晉安所在的屋子，屋子隔得遠，但晉安又豈是尋常人？他耳力好，不知道有沒有聽見。

黎霜嘆了口氣，「付將軍，這裡的事已處理得差不多，該救的人我也救了，這傷當真只是意外。我知道你擔心，不如便留一千精騎在此……」話音未落，旁邊秦瀾接了腔。

「屬下願在此守護將軍。」

秦瀾是黎霜親衛，膽識、武功皆不弱，付常青與幾位將軍雖仍有疑慮，但見黎霜堅持，便也沒再多言，下山而去。

目送他們離開後，黎霜鬆了口氣，秦瀾卻在旁邊問：「將軍的脖子，是那黑甲人傷的嗎？」

黎霜一愣，「為何這麼問？」

秦瀾卻沒有看她，只盯著遠方，臉上沒有任何表情，「……只是覺得，大概只有他傷了將軍，才會得將軍這般回護吧。」

黎霜的心神都在晉安那裡，一邊轉身往那邊去，一邊敷衍地回答：「他當時迷糊了而已。等等請人幫你找間屋子，將就住下，後日我們便啟程。」

話說完，人也已經走遠。

秦瀾垂頭看了看自己的手，自京城疾馬而來，一路沒有停歇，手上皆是韁繩勒出的傷，虎口崩裂，翻出了血紅的傷，像是他的內心一樣。

黎霜並沒有注意到秦瀾的情緒，她回了屋子，見巫引正站在床邊看著晉安，眉頭微微皺了起來。

「怎麼了？」

「妳自己看。」巫引讓開身子，黎霜這才看見晉安裸著上身躺在床上，閉著眼，似乎在睡覺，但胸口上的火焰印記卻忽大忽小地變化著。

黎霜蹙眉，「怎會如此？」

「不知道。」巫引答得無辜，只抱手望著，「今天幫他檢查身體時，發現他脈搏氣息有點不穩，但不像有什麼大問題，就讓他回房歇息了。剛才有人路過小屋，聽見玉蠶蠱人在屋內呻吟，我便來看看，扒了衣服，便見他如此。」

他話音一落，晉安便是一聲低吟，好似心口被劇烈拉扯一般，痛得他全身蜷縮起來。

黎霜心疼極了，坐在晉安身邊，把他的頭放在自己腿上，輕輕撫摸他的臉與額頭，幫他擦去臉上的汗。

「玉蠶蠱不是五靈門的至寶嗎？不能想想辦法，查出他為什麼會突然如此的原因嗎？」

巫引無奈地道：「將軍妳太為難人了，他與歷代玉蠶蠱人都不相同，本來就需要研究，我這什麼資料都沒有，如何查起……哦，對了。」巫引一拍額頭，「玉蠶蠱與宿主相斥時，倒是滿像他這模樣的，但這種情景多半只會發生在蠱剛入體的時候。」

時間越晚，外面夕陽沉入遠山下，晉安的身體好像變得更加不穩定，火焰紋從只在他脖子上面竄動，變成了蔓延全身，接著又迅速縮小，他的身體也在這時候劇烈顫動，手指關節慢慢變粗，身體不斷長大。

他緊咬牙關，似在隱忍著撕裂靈魂的痛楚。黎霜離他很近，幾乎能聽到他牙齒擠壓在一起的摩擦聲。

巫引本還有幾分看熱鬧的表情也變得認真起來，「將精鋼鐵鍊拿來！」他往外面喊了一聲。

黎霜瞥了巫引一眼，沒有制止，「將我與他鎖在一起。」

「將軍，這事可開不得玩笑。」

「我沒開玩笑。」黎霜抱著他的頭。

一是她相信晉安不會傷她，二是害怕，怕他待會兒控制不住自己，這裡沒有牢籠，他就跑掉了怎麼辦。

此時晉安已經變成了成年男子，只有腰上繫著寬鬆的褲子，沒有被撐破，他咬著牙，喉嚨裡發出了低吼。

外面的人拿來了精鋼鐵鍊，秦瀾在外面聽到了動靜，進屋一看，登時愣住。

此時晉安的模樣委實恐怖，像是傳說中的怪物，身體上的紅紋沒有一刻不在膨脹收縮。忽然，他猛地睜眼，兩隻眼竟是不同顏色，一半血紅，一半漆黑。

黎霜接過他人拿來的鐵鍊便要將晉安與自己鎖在一起，可她這方剛扣住了晉安的手，還沒將鐵鍊扣在自己手腕上，秦瀾當即一步衝上前，抓住她的手腕。

「將軍妳──」

他還沒說完，黎霜懷裡的晉安便用未受制的那手朝秦瀾一拳打去，黎霜攔都來不及！

秦瀾猝不及防地被擊中胸腔，向後退了三尺，直至撞翻了桌子才狼狽停住，身體一頓，吐了口血出來。

巫引心道不妙，立即向外喊道：「所有人立刻下山！」

他說罷這話，倏覺後頸一熱，竟是被人擒住頸項，巫引身手靈敏側身躲開了晉安的手。

黎霜在身後迅速將精鋼鎖鍊拷在自己手腕上，將晉安往後一拉拽，本欲追擊的晉安硬生生地被拉了回來。

巫引得以逃出小屋，而晉安則被黎霜拉回，趴在了她身上。

他雙眸的顏色不停地交轉變化，一會兒一黑一紅，一會兒全紅，一會兒全黑，變幻不停，但不變的是眼瞳裡黎霜的身影，他趴在她身上，除了粗重的呼吸，久久沒有動作。

黎霜喚他的名字：「晉安。」她看著他，希望能像之前在地牢時那樣讓他安靜下來。

他沒反應。

直到秦瀾扶著桌子從地上站起時，晉安聽到聲響，一側頭，紅紋在他臉上胡亂地爬竄，他牙齒咬得咯咯作響，像是要撲上去咬碎秦瀾的喉嚨。

「你冷靜一點！」黎霜開口。

晉安沒有動，秦瀾捂住胸口站起來後，卻道：「將軍妳將鐵鍊解開，我來拖住他，妳先走！」

這話讓晉安雙瞳猛地全數染紅，他全身氣力一漲，一時竟沒顧著黎霜，拖著她便要對秦瀾動手。

黎霜咬牙忍住鐵鍊在手腕上刮磨的疼痛，強行拖住晉安，將他卡在牆角處。

「你出去！」她厲聲對秦瀾喊道。

秦瀾見方才那些動作下黎霜的手腕已經破皮流血，他咬緊了牙，又想主動攻擊晉安。

屋外的巫引引了五靈門人離開，這才回來將秦瀾拉出了小屋。

「叫你走就走！」

秦瀾放不下黎霜，頻頻回頭。

晉安仍想衝出去撕碎他，而黎霜卻用雙手抱住了他的腰，盯著他的眼睛，一踮腳尖，咬住了他的唇。

黎霜緊緊閉上眼，她不知道怎麼吻人，但她知道怎麼將氣息渡進晉安的身體裡，於是她舔了舔晉安乾涸的嘴唇，撬開了他的唇與齒。

黎霜將他死摁在牆角，不允許他有任何移動。

晉安因為躁動而不停跳動的肌肉與變換不斷的紅紋像是安靜了下來，他乖乖地被黎霜吻著，接受她越來越深、越來越深的占有或者說……安撫。

晉安緊繃的身體慢慢放鬆，他眼睛半瞇，像是將醒未醒的微醺之人。

他一隻手被黎霜的手帶著，放到了他自己身後；而另一隻手，不用人教，他就像是自己會一樣，攀上黎霜的臉頰，撫摸她的肌膚，捧著她的下頷，抬高她的腦袋，讓她和自己處於更舒服的角度。

接著閉上了眼，用身體感受彼此的溫度就夠了，什麼都不重要。

眼睛會變成什麼顏色、身上的花紋定格在什麼樣子、外面的人是誰、是否還在看著他們……都不重要了。

他只知道，自己臣服於她，以及她的吻。

與晉長安

Yu Jin
Chang An

第七章

這一吻太綿長也太深情，黎霜根本不知道該在什麼時候、用什麼方式結束，但在她開始為如何結束這長吻頭痛前，晉安先放開了她。

他溫熱的手掌從她臉頰旁慢慢滑了下去，陷入昏睡。

黎霜這輩子頭一次將一個男人摁在牆角親吻，這個人卻……睡了過去？

感覺到他身上的體溫慢慢恢復正常，身體放鬆下去時，黎霜簡直不知道該用什麼心情去面對。

不過……至少能喘口氣了。

黎霜一手固定晉安的腰，一手攬著他的肩，用肩膀撐住他倒下來的腦袋：「巫引！」她往外面喊了一聲，「還沒走就過來幫忙！」

「啊……好。」

她一喊，外面的兩人才像是被驚醒一樣，重新開始動作。

與笑咪咪走進去的巫引不同，秦瀾站在外面，透過那小屋略顯破爛的門與窗，神色不明。

巫引進了屋，與黎霜一同把晉安抬到床上。

「黎將軍。」巫引笑看坐在床邊幫晉安擦汗的黎霜，嘴角笑意不停，像是方才根本沒發生過緊急事態一樣，「你們當兵的，果然比較強勢。」

黎霜瞥了他一眼，「有說閒話的工夫，不如去將你的門人都喊回來。」

「不喊了。」巫引擺了擺手，「誰知道這傢伙醒了會是什麼樣子，一會兒跑一會兒回的，太麻煩了。我五靈門世代居住在南長山上，山裡自有他們可以待的地方。」他說著，又瞇起眼睛笑，帶了幾分打趣，「天色晚了，待會兒不如我將外面那木頭也叫走吧，整個五靈門就你們兩個，將軍妳想做什麼都行。」

「……」

黎霜心頭惱恨，可偏偏隨著巫引的話，她的目光還不由自主地瞥向晉安赤裸的胸膛，還有他小腹一圈的地方——

腰帶有些破了，要掉不掉的，以她的力氣，一根手指頭就能扯掉……

定神！她在想什麼！黎霜以理智揮開那些荒唐的念頭。

若是沒人在此，她怕是要給自己兩巴掌才能清醒了。

「去打點熱水來。」即使內心閃過荒唐念頭，面上仍要表現平靜。

巫引撇撇嘴，似乎覺得無趣，點點頭便出了屋子。

見秦瀾還站在門外，他拍了拍秦瀾的肩頭，「讓他們單獨待會兒吧，你跟我來。」

秦瀾沒動，「這人為何會如此？」他在塞北時，雖沒怎麼見過黑甲人，但從那屈指可數的幾次接觸中，他知道這個黑衣人雖然來歷不明，但他是有理智的，還會保護黎霜。如今這模樣，卻完全成了怪物。

「等你們將軍回頭和你說吧。」巫引拉了他，秦瀾走得很不甘願，他一直轉頭回望，在完全看不到屋內場景之前，秦瀾只看見黎霜為那人擦汗時的側臉。

一如尋常女子，見到所愛之人，至珍至重，溫柔繾綣。

將軍或許……連自己都不知道吧，有朝一日，她會對一個人露出這樣的神色。

黎霜讓巫引去打水，他卻一直沒有回來，但她的手腕還和晉安鎖在一起，哪裡都去不了。

嘆了口氣，她索性像之前那樣，坐在床榻上，將晉安的頭放在自己腿上，讓他枕著睡。

她則細細審視起他的面容。

與平時有點不同，和晉安在一起的時間久了，黎霜大概也能分得清楚了。晚上的時候，或許是因為晉安與玉蠶蠱融合得更好，所以他的力量會更強大，同時胸口上的火焰紋也會蔓延到眼角處。在他睜眼時，眼瞳便像被那些火焰紋染紅了一樣，一片血色。

而在白天他是小孩時，臉就特別乾淨，眼睛也是普通人的黑色，只除了胸膛上有一團紅色印記外，與別的小孩並無不同。

今日的晉安卻有點不一樣了。

他還是大人，胸膛上的火焰紋卻沒有擴展出來，就像他還是小孩時一樣，圓圓地圍成一團。他沒睜開眼，所以黎霜看不見他眼瞳的顏色，但她能感覺到他的身體沒有平時那樣熱了。

他的身體若是沒有這一團火焰紋，就和平常人一樣了。

黎霜有點好奇，伸出食指，在他胸膛上的火焰紋處輕輕畫著圈。

或許有點癢，她見晉安胸膛的肌肉顫動了一下，連忙收回了手。

但當她的目光從他胸膛移開，回到他臉上時，卻發現他已經醒了。

漆黑的眼瞳，像是一年裡最黑的夜。

屋外的月光灑進了窗，映著月光，他的眼瞳像是會在黑暗中發光一樣閃亮。

這樣的眼瞳裡，有她的影子。

「醒了？」

他沉默著，沒有第一時間回答她，而是動了動手，聽到了清脆的鐵鍊響聲。他抬起手，眼眸往下一垂，看見了將黎霜與他的手腕連在一起的精鋼鐵鍊。

「方才……」黎霜開了個頭，正在斟酌措詞，晉安卻從她懷裡起了身，定定地望著她的手腕。

黎霜跟著看去，才注意到自己的手腕在鐵鍊的刮磨下，一片血肉模糊，顯得嚇人。

晉安眸光一動。

「無妨。」黎霜怕他內疚，連忙道，「皮肉傷而已。」

她話音一落，卻見晉安將她手臂輕輕握住，她還沒來得及反應，晉安竟伸出舌頭，在她手腕傷處用力一舔。

黎霜被嚇到了。

她怔愕地看著晉安，腦子裡一片空白，只覺他的唇舌溫柔，那舔舐的力道雖然不輕，但就是這麼微帶壓力的摩擦感，給她帶來的微疼與輕癢，竟讓黎霜從脊梁發麻到腦內。

他在幹什麼？

手腕傷處被舔了一圈，黎霜才猛然回神，要把手抽回來。

晉安卻沒放手，他的唇貼在她手腕的傷口上，像是在品嘗人間珍饈，動作曖昧且誘人得可怕。

「我想要妳……」他說著，含住了黎霜的手腕。

鐵鍊的聲音，微疼的傷口，還有窗戶漫入的月光，都讓現在的氣氛顯得格外危險與……旖旎。

黎霜聽到自己心口在撲通作響，血液像是在燒一樣難受。

但也是同時，她的心裡似乎在重複詛咒一樣，想起了那一天在御書房中，司馬揚提筆寫下聖旨時說的話——

「霜兒，只望他日，妳莫要後悔。」

猶如當頭棒喝，讓黎霜登時清醒，那些旖旎也盡數化成了危險，激得黎霜霎時冷汗直冒。

她猛地推開晉安，盡力地拉出最遠距離。

她不能忘記，自己回去要做什麼。

晉安被推開後，只是站起身來向她走去，眸中沒有任何波動，黎霜這才察覺了他的不對勁。

她幾乎是立即就收拾好了自己內心的一切所想。

「晉安。」她試圖用名字喚醒他，晉安卻走上前來一把抱起她，不由分說地堵住了她的嘴。

黎霜驚愕，手肘一轉，抵住晉安的胸膛，而晉安的手已經繞過她的腰，握住她的腰帶，黎霜頓覺腰間一鬆。

當真是現世報，她先前還想著自己一根手指頭就能扯掉他的腰帶，自己沒動手，對方倒是這麼做了。

但現在可不是開玩笑的時候，黎霜知道晉安一定是在剛才昏睡的時候又出了什麼差錯。

如果說先前他身體變化不停像是玉蠶蠱剛剛入體的狀態，那他現在這個狀態就是玉蠶蠱在身體裡已經穩定了，在尋求蠱主安撫？

可是她並不打算這樣安撫他啊！

摸一摸、親一親已經是極限了，如今她的身體不是她想怎麼處理就怎麼處理的！

「你冷靜一下！」黎霜好不容易抓到空檔，喊出這句話，晉安卻將她推到了床上。

很快，繼腰帶之後，衣襟也幾乎是立刻被扯開了。

黎霜肩頭一涼，肌膚接觸到了空氣後的下一瞬間，便被晉安的唇親吻而過，點了一路的火，沿著肩膀，鎖骨胸膛正中，一路向下。

黎霜心頭大驚，連忙抱住了晉安的頭，她沒急著強硬動手，而是撫摸著晉安的臉頰，讓他抬起頭，以為她想與他親吻。趁著吻上的一瞬間，黎霜尚能活動的那隻手，貼著他的頸項，運足體內內力，往他後頸狠狠一震，只覺晉安渾身一僵，他望著她，眼眸慢慢閉上。

黎霜立即去探他的脈搏。

她剛才幾乎用盡了全力，因為她知道能讓常人昏厥的力量不一定能讓晉安昏過去，但用了太多力，她也會心疼，更是怕晉安直接被她殺了。

還好。

不愧是晉安，只是昏過去了。

黎霜連忙推開他，翻身下床，東拉西扯整理好身上的衣服，剛想離開，發現手上還套著鐵鍊。

她只好滿屋子地找鑰匙，但經過方才一陣混亂，鑰匙早不知道丟哪去了，只能等巫引回來幫忙。

黎霜長嘆一口氣，在床榻下抱腿而坐，回望一眼昏迷著的晉安，無奈苦笑。

換成其他人，早不知被她殺多少次了，偏偏只要是這個人，無論他做的事情有多過分，她都無法真的恨他。

黎霜知道，等他清醒過來，若是回想起那些事，恐怕會比世上任何人都自責。

如此一想，她竟然心疼他勝過心疼自己。

幾乎快要到黎明時，秦瀾與巫引才從山裡披著一身寒露回來。

秦瀾入了小屋時，見黎霜蹲坐在床榻下方，一隻手被鐵鍊銬著放在床上，另一隻手則抱著膝蓋沉睡，看起來疲憊又可憐。

她沒有醒，所以秦瀾能大膽地打量她。

她的衣服重新穿過，腰帶是破損後打結接上的，衣襟也有破口，頭髮凌亂，脖子上、鎖骨間有與傷口不一樣的紅痕……

秦瀾知道那是什麼，卻從未想過有朝一日會在她頸項上看見……而且這印記加上這破損的衣物，還有黎霜抱膝睡覺的模樣，他大概能猜到方才躺著的男人對她做了什麼。

秦瀾喉頭發緊，牙關緊緊咬了片刻，未忍住，輕喚一聲：「將軍……」

黎霜今日折騰累了，睡得比往常死一些，在這聲輕喚下才睜開了眼。

她眼中有初醒的迷離，待看清來人後，一眨眼便散掉了那些朦朧。

「秦瀾啊。」

她沙啞地應了一聲，撐著膝蓋便要站起來。可蹲得久了，起身便有些站不穩，她往前一倒，秦瀾連忙扶了她一把。

兩人相伴多年，幾乎所有仗都是一起打的，這樣的互幫互助實在稀鬆平常。

黎霜捏了捏眉心，提振了精神，剛道了句多謝，卻未想秦瀾將她往旁邊一拉，拔了腰間的劍便朝晉安頸項砍去！

霎時，黎霜急忙抬手抵住秦瀾的手肘，攔住了這一擊。

「秦瀾，你做什麼！」黎霜不敢置信。

外面正在整理草藥的巫引聞聲入屋，見這一幕，趕忙上前架住秦瀾，把他扛離晉安一段距離。

「秦將軍，你這是怎麼了？突然中邪了？」

秦瀾暗道，他沒有中邪，只是怒火中燒，氣這人膽敢對黎霜行此無禮且無恥之事！更氣自己的無用！

這一夜，他與巫引在外採摘草藥，巫引嘴上說是要替屋內兩人療傷，實則是想支開自己，撮合那兩人！

還記得巫引一邊摘草藥時，一邊輕描淡寫地說了一句話，攔住了他。

「再看看別的草藥吧，要是回去早了，真在辦什麼事，撞上就尷尬了。」

黎霜絕不可能是那麼荒唐的人！

這個說法若放在以前，秦瀾會覺得可笑到不用搭理，但現在，他竟被這話絆住了腳步。

萬一真的在做什麼呢？

畢竟黎霜荒唐得從塞北回京，只為追尋那人；又荒唐地向聖上借兵，不知付出了多大的代價來救那人……她已經做了很多在他看來無比荒唐的事。

現在這夜這麼深沉，能掩蓋那麼多祕密……比起之前的事，巫引說的這話，好像也不怎麼荒唐了。

秦瀾便這樣與他在林間走了一宿，直至黎明破曉，才敢回去。

沒想到，卻看到了這樣的黎霜。

若是她願意，秦瀾絕無二話，再多情緒也可自我隱忍，但現今，她的狼狽與昨夜的掙扎盡數落在他眼裡，他便難以控制地怒火四溢。

「此人於將軍危害甚大，留不得他！」

他作勢要掙脫巫引，巫引哪是那麼好對付的，袖中摺扇往下一滑，三五下便巧妙地將秦瀾推到了房間另一邊，他則攔在黎霜、晉安與秦瀾之間。

巫引何其精明，一下便掌握了幾人的心思，卻也沒有道破，只笑咪咪地扇了兩下扇子，「這人可是我五靈門的寶貝，別說你將軍不讓你殺，我也是斷然不會讓你動手的。你若有氣便忍忍，左右這事你是辦不了的。」

「此人三番兩次對將軍不敬，今日我便是拚了命也絕不讓他走出這門！」

秦瀾面色陰沉，看著晉安的目光猶如面對戰場上最凶惡的敵人，殺氣湧動。

黎霜知秦瀾動了真怒，可這事怎麼說來都是尷尬，她只得拉了拉衣襟擋住自己的脖子，「他只是……暫時這樣。」黎霜嘆了口氣，「傷害我也好，昨晚的意外也罷，都並非他本心。」

「無論如何，他就是個隱患。」秦瀾聲色俱厲，「將軍恕屬下冒犯，今日必留不得他！」

黎霜沉默，與秦瀾共事多年，她知道今日她便是擺出軍令，恐怕……他也不會聽。

「哎呀。」正是僵持之際，巫引冒出一聲感慨，「天亮了。」

黎霜目光一轉，但見窗外朝陽已慢慢躍過遠山，光芒撲灑大地。

她幾乎是下意識地一回頭，但見躺在床上的晉安卻並沒有變成小孩，他的胸膛也只是如昨晚一樣留有紅色火焰紋。

出人意料的是……晉安醒了。

他直直地望著黎霜，目光清亮透徹，一如塞外每個夜裡他盯著她的模樣。

這是黎霜第一次在白日裡見到不是小孩的晉安。

她有點愣神，本以為是因為自己還待在晉安身邊，所以延遲了他變化的時間，但……她現在除了那根鐵鍊，身體也沒有任何地方碰到他。

巫引也很驚訝，「他終於和老頭子們說的蠱人有點相像了。」

胸口有印記外，其他地方與普通人相同，似乎他經歷了昨天的折騰後，終於……變成了完整的蠱人。

但此時的晉安並不在意自己身體的變化，只是望著黎霜，略帶沙啞地問：

「我又傷了妳，是嗎？」

黎霜聞言，忍不住又心疼起他。她開了口，尚未說話，那方殺氣一動，秦瀾以奪命之姿殺上前，眸光如刀，真如他所說，今日必要取晉安性命。

與晉長安

Yu Jin
Chang An

第八章

秦瀾的刀光轉瞬便至晉安面前，晉安不躲不避，只是望著黎霜，彷彿自願將這條命交給秦瀾。

可他不動，巫引與黎霜卻沒閒著。

黎霜半攔下秦瀾的手，一個巧勁卸去他手上大刀；巫引則一步上前制住他的動作，往他胸前一推，使他後退數步。

秦瀾站定，腳蹬地而起，又殺了回來。

巫引眉梢一動，手中運氣正是要動真格之際，黎霜將從秦瀾手上奪來的刀往地上一插，立在床前，神色冰涼且嚴肅。

「先殺了我，再殺他。」

秦瀾聞言，身形一頓，與黎霜四目相接，他眼底隱忍的情緒再也壓制不住地流露出來，憤怒、痛恨、不甘與……嫉妒。

焚心噬骨的嫉妒。

「將軍，妳此行此舉，當真有想得清楚？」秦瀾再也忍不住情緒，爆發而出，「塞北而來，千里奔行，一路跋涉，用多少代價才換得聖上借妳五萬兵將？將軍妳忘了嗎？幾年前妳與大將軍是冒著何等危險，才終於遠離京城、北至塞外的！如今卻為了這時常傷妳、害妳、置妳於險境之人，將自己拱手奉上！妳這般守他護他，能有何等結果！」

黎霜沉默，晉安卻在她的背後，看著朝陽透過她的身體投射而出的光線有幾分失神。

恍惚中，他好似聽到了來自天邊的聲音，那聲音是他從未聽過的粗獷，但也帶著莫名的熟悉感，像是從靈魂深處裡冒出來一樣。

於此同時，腦海裡也有許許多多的畫面不停閃現，一如昨天，在聽到秦瀾帶來關於西戎的消息後。

那些陌生中帶著些許熟悉的畫面不停湧入腦海，只是相較於昨天的模糊，今天腦海裡的畫面更加清晰。

此時，卻沒有人注意到晉安的神色。

黎霜與巫引沉默地望著秦瀾。

「今日妳護住他，回京後妳又待他如何？妳既念著他，為他借兵而來，聖上豈會允許這人留存世上？一旦有了猜忌，只要他還活著，妳、將軍府……會處於何種境地！後宮、前朝都會知道，未來的——」

在這樣激動的情緒之下，秦瀾仍是憋住了後頭的話。

因為這話裡，是另一個令他萬分難受、關於黎霜的結局。

她會嫁給皇帝。

而滿朝文武、後宮三千都會知道，黎霜在嫁給皇帝前，千里奔赴，只為救一名神祕的男人。

這個神祕的男人還活著。

或許現在司馬揚看在黎霜交出軍權的分上，不會太在意此事，但只要有一天，司馬揚打算削弱將軍府了，這件事就會變成將軍府的一根長釘！

趁現在還有機會補救，只要殺了晉安，找個由頭，便說黎霜追來，是為了殺這男子報仇，只有這樣，這件事才不會害到將軍府。

但是……

「正是因為花了那麼大的功夫，我才更要他活著。」

黎霜聲音沙啞，但眸光與話語卻那麼地清晰。

當下，秦瀾再多的憤怒，都變得不重要了。

黎霜從一開始就明白自己的荒唐和任性，偏偏父親還縱容了她。這一生，她大概也只能任性這麼一次吧，儘管會因此墜入萬丈深淵，她也不後悔。

「將軍……」秦瀾的聲音低啞至極，像是打了一場丟盔棄甲的敗仗，「妳可有想過以後？」

黎霜想過關於晉安的以後，但自己的未來，好像沒什麼好想的了。

她做了選擇，在做選擇時就已經想清楚了。

「我自有打算。」

秦瀾再無他言，也無法繼續在這間小屋待下去了。

他垂了眼眸，一如以前每一次，不再直視黎霜的面容，垂下頭，握緊拳，「將軍……有定奪便……罷。」

他轉身離開。

秦瀾走了，小屋陷入沉默。

許久後，巫引嘆了一口氣，感嘆道：「你們世家大族辦起事來就是麻煩。」

他眼眸一轉，嘴角雖掛著一絲往常的笑意，眼眸卻也深了幾分，「將軍，妳對未來當真有打算？」

巫引關心的重點不是黎霜，而是晉安。

他是五靈門主，玉蠶蠱始終是五靈門的密寶，雖然他答應讓晉安跟著黎霜離開，但同時也說了以後會派人保護他們。晉安一旦身死，他們必會收回玉蠶蠱。

黎霜沉默，回身看身後坐在床上、自方才開始就一言不發的晉安。陽光溫熱地灑在身上，晉安卻還是沒有變回小孩的模樣，黎霜握了他的手腕，只覺他的身體再不似以前一般滾燙。

黎霜眸光動了動，側眸看了巫引一眼，「你先前說，晉安變得如同以前的蠱人一樣了吧？」

巫引點頭，「嗯，著實差不多。胸口有印記，外表與常人沒差別，不會變大變小，也沒有火焰紋遍布。」

也就是說，晉安的身體已經完全與蠱融合了？

黎霜看著他的眼瞳，晉安也望著她，眼眸一如既往地清澈，但是此刻在看著她時，卻有幾分失神，似乎在透過她看向別的東西。

黎霜怕他因為秦瀾的話在心裡多想，便安慰道：「我是為尋你而來，可也沒有秦瀾說得那般複雜。」她頓了頓，「明日我要啟程回京，本來打算昨日與你說的，沒想到發生這些事，就還沒說……你與我一同回京吧。」黎霜轉眼看了巫引一眼，「你暫時不能離我太遠，但是回京之後，我……或許沒辦法再像現在這樣陪在你身邊。」

她說出這話，晉安眼裡的迷霧霎時消散不少，像是終於把全部的注意力拉回到了黎霜身上。

「我回去幾個月後就會入宮，你會被安排住在將軍府，我阿爹、還有黎霆會幫你安排。」她握住他手腕的手微微收緊，「以後或許……」

話開了個頭，黎霜倏爾被後面的話堵住了喉嚨，半晌後，她才抬頭看晉安，「總之，若是以後你身體不會再變化，著實也是件好事。」她笑了笑，「以後你可以天天教黎霆習武了，若是想周遊大江南北，也可以自由遊玩。」
「妳呢？」晉安問她，「和我一起嗎？」
妳和我一起嗎？
這個問題，黎霜沒辦法回答，不是不知道怎麼答，因為答案就擺在面前，只是不知道怎麼說出口。
但長久的沉默後她還是說了：「我不會和你一起。」說得那麼清楚明白，一如她率領千軍萬馬時犀利冷硬的作戰風格，「此次我入宮後，不會再出宮，也不會再回將軍府，你得一個人。」
晉安望著她，黑眸映著朝陽，眸中的細碎波動下不知帶著什麼樣的情緒。
「是因為……」他斟酌良久，小心翼翼地探問，「我會傷妳？」
「不是，是因為我有自己的背負和擔當。」黎霜答罷，見晉安的眼神，竟覺心頭抽痛不忍再看。

她正打算轉身離開時，手腕卻是一緊，晉安抓住了她。

「我幫妳。」他道，「妳的背負擔當，我幫妳扛。」

黎霜心尖一動，眼眸微垂，她嘆了口氣，「晉安，沒有人幫得了我。」

她說的是實話，但觸及晉安受傷的目光時，心口還是忍不住抽痛。

可是有什麼辦法呢？

現在不說，難道真的要等到了京城，在一片肅穆中再對他說嗎？

她扳開了晉安的手指，「你好好休息，明日便動身回京。我就在外面，身體有什麼不舒服，便隨時喚我。」她說罷，給巫引使了個眼神，兩人一同出了屋。

晉安則頹然地坐在床榻上，看著自己空蕩蕩的掌心，靜默無言。

他太安靜，導致黎霜和巫引都沒有注意到晉安皺了皺眉頭、還抬手抵住了太陽穴的動作。

這日夜裡，秦瀾下了山，整頓留下的一千精騎。巫引則去安排明日要跟著黎霜一起離開的五靈門人。晉安一直待在屋子裡沒有出來，沒有一點動靜，黎霜便也狠下心不去看他。

她坐在五靈門的懸崖邊上，提著酒，喝了大半夜。

酒氣染了她一身，但至始至終黎霜都清醒得可怕。

她望著南長山上的月，吹著南方溫暖和煦的夜風，呼吸著青草與泥土的味道，她知道，此一回京，不管是塞外的兵戈鐵馬還是這裡的山間明月，都將成為過去。

這夜，黎霜是抱著酒罈入睡的，第二天巫引來叫醒她時，捏著鼻子一臉嫌棄。

「大將軍，妳可真不照顧自己。」

黎霜掃了他一眼，再是往他身後一望，零零散散跟了五、六個五靈門人，晉安則站在最後面，他穿著五靈門給的一身布衣，還是大人的模樣，與尋常人沒什麼兩樣，只是臉色有些蒼白。

黎霜沒有多想，只道他的身體完全穩定了，她拍拍身上的灰站了起來：「都收拾好了便下山吧。」

巫引問：「妳的東西呢？」

「我沒什麼要帶的。」

她本來就是孤身而來，能將晉安帶回去，便算是達到目的了。

下了南長山，黎霜領著將士一路日夜兼程，終是在將入京時趕上了先走兩日的大部隊。

黎霜一開始本還擔心一直用輕功飛來飛去的晉安不會騎馬，但是出乎意料的是，他的馬術竟比留下的精騎還高，這讓她越發好奇晉安的身世，想去問問他有沒有憶起一些過去的事。

但回京的一路上，晉安有意無意地避著黎霜。休息時、吃飯時……他都遠遠地獨自坐著，黎霜要去喚他，他都會在她開口前先行動作。

次數多了，黎霜便明白晉安在躲著她。

她本以為是離開南長山前說的話傷到他了，思來想去，她也沒辦法就這個事安慰他，於是只得任由他繼續這般「彆扭」著。

是日，黎霜率五萬鐵騎回了京都。大軍去了軍營，黎霜未來得及歸家，便要先領著諸位將領先去回報皇命，打算今日交出軍權。

剛整頓完大軍，黎霜正在與幾個將領交代著待會兒面聖的事宜，旁側路過一輛馬車，馬車的裝飾風格與大晉京城常見的細緻不同，車廂車轅都要粗壯許多，拉車的馬共有三匹，精壯非常。

黎霜識得，這是西戎的馬車。

馬車路過黎霜幾人時突然慢了下來，直至車夫喝馬停車，車上的人身著西戎官服下了車。

來者不似一般西戎人那麼高大，反而有些駝背瘦小，面容蒼老約莫已有五十來歲，只是那雙細長的眼眸中閃爍著精光，一如塞外的鷹。

「巧了，倒是在路上偶遇了黎將軍。」

在場的將軍皆是與西戎打過仗的，所有人都肅著一張臉，沒有說話，只有小老頭一個人笑著，彷彿兩國是友好鄰邦，從來不曾廝殺過。

黎霜上下打量了他一番，「西戎使節，不好對付」這八個字便從腦海裡飄過。

「著實巧了，我在南方便聽聞貴國使節要見了我才肯簽署和書，我還一直好奇原因，沒想到竟在路上遇見。」

老頭聽黎霜道出自己身分，笑意更深：「不過是新王聽聞黎將軍的事蹟，對將軍委實好奇，囑咐臣此次來大晉，定要見上將軍一面罷了。」他躬身一引，指了皇宮的方向，「今日大晉陛下遣人來通知我將軍今日歸朝，我正欲趕去大殿呢，將軍可願同路？」

「不了，我還要交代些事宜，使者先請吧，黎霜片刻後便前去面聖。」

老頭也不強求，點點頭，一轉身便要離開。在他背過身的一瞬間，鷹隼一般的目光落在了黎霜與幾位將領身後的晉安上。

他瞇了瞇眼，腳步微微一頓。

四目相接，不過瞬息時間，在他人都沒注意到的時候，老頭收回目光，垂了眼眸，抬腳上了馬車。

馬車駛離，黎霜一行目送他離開，一如什麼都沒發生。

晉安也只是垂頭看著地面，直到聽見有人喚了他三聲，他才抬起頭來。

黎霜正盯著他：「你先隨秦瀾回將軍府，自會有人幫你安排。」

晉安沒有回應。

黎霜就當他聽見了，轉身離開。

黎霜入了宮，所面臨的事情一如預料，她當著所有人的面上交了軍權，即便幾位副將面色詫異，但也沒有任何人站出來說話。

司馬揚也配合地不去詢問她此次出兵南長山的具體細節，只聽黎霜報了句南長山賊匪已經招安，便算帶了過去。

只是西戎使節簽訂和書時感慨了一句：「黎霜將軍驍勇善戰，從此以後再不為大晉效力，當真是陛下的損失了。」

司馬揚笑了笑，「不勞使者憂心，朕自會安排黎將軍的去處，斷不會誤了她。」

這句話的暗喻眾人心知肚明，將領們眼神轉了轉，皆是沉默。

黎霜只以眼觀心，定神不言。

如今西戎使節如願見到了黎霜，便與大殿之上痛快地簽了和書，皇帝龍心大悅，定於明日設宴京郊行宮，慶祝西戎與大晉今日起便和平交好。

大殿的事議完了，司馬揚獨留了黎霜下來。

司馬揚屏退左右，一君一臣在御花園中靜靜走著，黎霜一直落後他一步，司馬揚停，她便也乖巧地停下腳步。

「霜兒。」司馬揚開口，喚的是以前他喚她的名字。

黎霜卻恭敬地回答：「臣在。」

司馬揚默了許久。

「妳救的人，救到了嗎？」

「托陛下的福，一切順利。」

司馬揚轉過了身，看著黎霜垂下的頭，輕聲道：「三個月，霜兒，我只給妳三個月的時間，妳必須理清自己的感情。三個月後，我要妳做我的妃，眼裡、心裡都只能是我。」

黎霜想起了晉安，他在塞北將她拉進小巷，帶著面具親吻她；又想起他們第一次見面，他救了她，在風雪山頭上吻了她的唇；還有前不久在南長山，他的情動與難以自控。

每一幕都很混亂，卻那麼真實。

黎霜壓抑著情緒，仰頭望向司馬揚，眸光透徹冷冽，「陛下，黎霜一直理得很清楚。」

她必須割捨，必須無情。

她任性過，現在該承擔後果了。

與晉長安

Yu Jin Chang An

第九章

黎霜回將軍府時，晉安已經安置妥當了，他被安排在離黎霜住處最遠的小院中。

傍晚，黎霜與家人用膳時，也沒見大將軍叫晉安來。

歸家第一晚，主人不招待客人……

大將軍的用意再明顯不過。

黎霜心裡明白，也沒有給父親找不痛快，安安靜靜吃完飯，便自行回房了。

關於晉安的事，她一句話也沒問。

大將軍縱容過她，現在她也該找回自己的理智。

可是到了夜裡，黎霜仍忍不住掛念起將軍府另一頭的晉安，不知道他身體如何？離她遠了，玉蠶蠱會不會又開始焦躁？

黎霜洗漱完，長髮濕透，她推開窗，枕著手臂靜靜地望著月亮，而月亮所在的方向正是晉安住的小院。

思及今日司馬揚與她的對話，黎霜不由輕嘆了一聲。

院裡一片安靜，只有春蟲輕鳴，所以她並沒有察覺到任何異常，更不知道晉安此刻便在她房檐上靜靜坐著，將她的嘆息聲盡數納入耳中，收進心裡。

月色很好，只是黎霜也沒什麼心情欣賞。

不知坐了多久，許是頭髮終於乾了，黎霜起身關上窗，入睡去了。

晉安仍然一動不動地待在房檐上。

直到屋中傳出綿長的呼吸聲，晉安才自房檐上落下。

一如塞北的許多夜裡，他手腳極輕地入了她房間，沒有驚動任何人，哪怕是她。

行至床榻邊，他凝視著睡得正香的人。

晉安的眼瞳裡卻沒有往日的痴迷，反而帶著幾分探視。他步步靠近，像是在看敵人，又像是在看獵物，一雙黑瞳在夜裡竟猶如塞北的鷹一般精亮。

他動了動手指，還是什麼也沒做，只是靠近她，像是被吸引著一樣。

不是無法遠離，而是不想離開……

靠得太近，呼吸交錯，黎霜睫羽一顫，晉安陡然回神！

在黎霜睜眼之時，晉安早已沒了蹤影，但大開的窗戶顯示了他曾經來過的證據。

黎霜也只看了窗戶一眼，便背過身，當作沒事一樣，再次閉上了眼。

翌日京郊行宮，聖上設宴款待西戎使節，慶祝兩國終得友好和平，酒桌上觥籌交錯，人人面帶喜色，笑容可掬，只是這笑裡隱含著多少算計，就不得而知了。

黎霜素來不喜歡這樣的宴席，陪過了一輪酒，便道不勝酒力，退了出去。

京郊行宮極大，後院甚至有一座湖。

黎霜至湖邊漫步，秦瀾不放心地跟了過來。黎霜回首看他，笑道：「擔心什麼，你還不懂我的路數？」

許久未聽黎霜這樣說話，秦瀾不由輕淺一笑，「將軍尋了醉酒的藉口離開，屬下也得尋個早走的理由。」

黎霜也跟著笑了。先前在塞外打仗，而後黎霜又奔去了南長山，直至現在才終於有片刻安穩的感覺。

她應了聲：「散會兒步，回頭聖上歇了，咱們就打道回府。」

「嗯。」

黎霜與秦瀾打小認識，陷入沉默也不尷尬，和著夜風，聽著湖水在岸邊輕輕拍著，兩個大忙人難得現出幾分愜意。

忽然間，黎霜腳步一頓。

秦瀾跟在後頭，差點撞上她，急急停了腳步。

他見黎霜直愣愣地盯著湖對面的樹叢，也順著看去。此時，黎霜卻倏爾咳了幾聲，驚破了當下的寧靜。

「夜還是有些涼。」她說著，聲音帶著沙啞，好似真的被凍著一樣。

秦瀾靜靜看著黎霜，直到黎霜推了他一把，讓他背過身，開始往回走，他才接了話：「屬下的披風，將軍先披著吧。」

「不了，快些回去吧，暖暖身就好了。」

他隨著黎霜的腳步離開，沒有回頭。

在兩人離去後，湖對面的樹叢突然顫了顫，枯瘦的老頭自樹叢中現身，老頭駝著背瞇眼望著黎霜的背影。

「可需要臣斬草除根？」

「不了。」樹叢深處竟傳來晉安的聲音，在月色也照不透的樹叢間，晉安的眼眸也跟著黎霜的背影慢慢挪動。

老頭乾澀地笑了笑，「大晉的黎將軍雖然動人，可傲登殿下，您現在可是皇太子了，王上還等著您回去封禮呢，斷不能在這裡出了差池。大晉的皇帝要是知道您在這裡，絕不會放您走的。」

老頭乾裂的拇指一動，手下的枴杖頭立刻冒出兩根銀針，他笑了笑，「一人一根，誰也查不出死因。」

話音一落，枴杖上銀光如天邊流星，一閃而過，然而在還沒飛過這方岸邊的時候，卻有黑影一閃而過，以指尖擒住兩根銀針，扔進了湖水裡。沒一會兒，便有十來條小魚翻了肚皮，從湖裡浮起。

晉安瞥了一眼湖中的死魚，盯著老頭，「我說過，不許傷害她。」

老頭一勾唇角，「好，臣不動手就是。只是未曾想，傲登殿下竟也有這樣護著誰的一天。只是殿下莫忘了，咱們的會面若是被別人知曉，我可就再難帶您離開了。希望這黎將軍，能對您有點情義。」

晉安靜默不言。

「時間差不多了，臣先回宴席上去了。」

湖水輕蕩，不停有翻肚的小魚從湖裡浮出，晉安看著它們，想到了昨日夜裡，他在黎霜床邊時，看著毫無防備的她，他其實……動過殺意的。

他找回了所有記憶，知道自己是誰，但也沒有忘記這段時間的事。

他知道自己如何長大，是什麼樣的人，過什麼樣的生活，也想起了他在野外打獵，如何栽在了五靈門那老巫婆手中，更記得那生不如死的日子他是怎麼熬過的，但一切的一切，都沒有後來的記憶清晰。

他記得自己有多愛黎霜，或許……那不是愛，只是深深沉迷於一個人，依賴她、需要她，難以離開，上癮一樣被她掌控著所有情緒。

這並不是真正的他，只是被蠱蟲控制的他。

在聽到西戎皇帝身亡、父親登基的消息時，父親的名字成了他恢復記憶的鑰匙，令他清醒過來。

前兩天還處於混沌與混亂中，而到現在，在從南長山一路回到大晉京城時，他便完全清醒了。

他本是西戎世子，如今父親做了西戎皇帝，他便是西戎的太子了。然而過去幾個月，他卻幫著大晉，逼退了自己族人的大軍，斬殺了自己國家的大將，還像被控制一樣，跟隨著那個女人。

他昨夜真的打算殺了黎霜。

讓他身體裡的蟲蟲失去主人，或許他便能獲得自由。

然而，當他越靠近她時，他的心便像無可救藥地長了無數根刺，只要一想到殺了她，那些刺便刺得他千瘡百孔，令他難以忍受。

他無法殺了黎霜。

甚至也沒辦法容忍別人殺了黎霜。

這樣的情緒太強烈，讓他根本分不清這到底是本身的意願，還是蠱蟲驅使他做出的選擇。

而今，他看著黎霜漸行漸遠的背影，想起在他恢復記憶前那一日，秦瀾要殺他，她卻擋在他身前說「你將我殺了，再殺他」。

那時的夕陽如此耀眼，幾乎晃了他的心神，令他心動。

這個女人在保護他，不論是在回京的路上、打馬休息的間隙，她都在保護他，反觀自己卻一路躲著她。

每當她想靠近他、與他說話，他一避開，她眼裡總會閃過些許難過。

看著有些可憐，讓他……想去抱抱她。

雖然，晉安也不知道這是蠱蟲想做，還是自己想做的。

他對黎霜應該是沒有愛的……雖然他清楚地記得這段時間他為黎霜做的那些瘋狂事；也記得親吻她時，她唇的柔軟溫熱，還記得她每次被唐突之後，臉頰上氣惱的紅，和其他女子的嬌羞不一樣；他更記得自己因為黎霜的臉紅而怦然心動，一顆心臟滿滿都裝著她的感覺，想把自己完全獻給她的痴狂……

但……那不是他。

晉安一聲嘆息，有些混亂地按住心口，晉安不是他，過去的自己好像也不再是完整的自己，他到底是誰？

他到底……對黎霜……

黎霜回到宴席後，神情有點恍惚，但見西戎使者也自宴外歸來，黎霜盯了他一會兒。

老頭子目光犀利，轉眼便發現了黎霜，他輕抬酒杯，示意遙敬她一杯。

黎霜沒有動。司馬揚見了，卻先抬了酒杯道：「黎將軍不勝杯杓，使者這杯酒，朕代她飲了如何？」

老頭立即起身，客套兩句，便飲酒坐下。

沒過多久，司馬揚便稱不勝酒力，先行離去。

皇帝欲離，這場宴席便也慢慢散了。而在皇帝離席之時，還特意繞到黎霜身邊敲了敲她腦袋，輕聲道了句：「不能喝了，下次提前與我說。」

態度親暱，別說君臣，便是後宮妃子也沒有幾個能得到這般寵溺。

在場的大臣何等精明，皇帝的心思，隔日便能在朝野裡傳個七七八八了。

黎霜只愣愣地看著司馬揚，直至他身影在簇擁中消失。

此時的她只慶幸，還好司馬揚沒看出端倪，只當她醉酒遲鈍……黎霜揉了揉眉心，思及方才望見湖對面晉安與西戎使者會面的一幕。

夜裡光線雖暗，但晉安的身姿她絕不會認錯，而拄枴杖的老頭身形也與西戎使者並無二致。

老頭在晉安面前站得恭敬，晉安的身分只怕是西戎皇族。而今舊王已去，新王登基，能讓這老頭冒險在行宮約見，可見晉安是皇族中的貴子，他的身分……

晉安肯與老頭見面，可想而知，他必定是憶起了什麼。

這般一琢磨，他這一路以來的沉默寡言和時常盯著她若有所思的神情便有了解釋。

他的身體和蠱蟲融合後，他想起自己是誰了，也不再晝夜變化……應該算是恢復正常了吧？

黎霜腦內思緒混亂紛雜，一路失神地回了將軍府。

回到房裡，她枯坐了許久，猶豫著要不要去晉安的院子裡尋他。此時，忽聽房檐上有動靜，她微一愣神，待轉頭之時，晉安竟不知什麼時候入了屋。

黎霜連忙起身關了窗，再轉身看著他，忽然間覺得他多了幾分陌生。

「你想起自己是誰了？」

「嗯。」晉安也並不避諱，「新王的獨子，傲登。」

西戎新王的獨子，那他回朝便會是太子，也就是未來的西戎王，非常尊貴的身分。

黎霜靜默了一下道：「既有這般身分，為何你之前失蹤，西戎都未曾尋找？」

「先王多疑，父親自是不敢調兵尋我，且那五靈門的巫女行事隱祕，特意囚我於大晉與西戎交界之處。妳應該知曉，那處歷來形勢緊張，探尋不得。」

黎霜點頭，她知道。

地牢所在的小樹林位於鹿城之外，常年無人踏足，理論上並不算大晉的國土，實際卻處於大晉的控制中。

長風營日日瞭望，必容不得有西戎軍馬踏過那方。

然則長風營也只是瞭望，若無事發生也不會尋去那裡，著實算是藏身好地方。

「你今天來找我是……」

「我要回西戎了。」

晉安以前鮮少打斷黎霜說話，因為只要黎霜一跟他說話，就好像是上天賞的糖果一樣，他眼眸裡只會有她的身影，閃閃發光。

現在晉安打斷了她，還是一句帶著離別的涼薄話語。

他毫無猶豫，似乎只是來通知黎霜一聲。

黎霜沉默了很久，回道：「如此甚好。」她答得也十分制式，讓人難以判斷情緒。

其實這算是最好的結局了，他想起自己是誰，知道自己的故鄉，未來有可以踏足的地方，生活也有其他目標。

他是一個獨立、完整的人。

除了「如此甚好」外，黎霜確實不知道該說什麼了。

「我打算兩日後動身，大使會助我離開。」

「嗯。」黎霜點頭，「不要走漏了風聲，若是聖上知道你的身分，必定不會輕易放你離開。」

對話客套且冷靜，黎霜避開了晉安的目光。

不知為何，她有些害怕看到他眼中的客氣與疏離。

沒有記憶的晉安眼裡只有她一人，是屬於她的晉安。

現在，這人不再是那個晉安了。

她站了一會兒，在越發尷尬的情況中動了身，要去開門，「我去遣開侍衛，你找時間回房。」接著她又補了一句，「這段時間就待在將軍府裡吧，沒人能動你。」

拉開房門前，晉安拽住了她的胳膊。

熟悉的體溫、熟悉的氣息，但他的言語卻令人陌生。

「我今日來是為了道謝。」晉安道，「多謝將軍近來照拂。」

黎霜唇角微微一顫，只聽窗戶吱呀一聲，回頭時屋裡已空無一人。

她追到窗邊，往外望去，只有侍衛小心地往院裡打量，詢問似地問了句：

「將軍有何吩咐？」

「沒有。」黎霜道，「有些悶了，開窗透透氣。」

她轉而到鏡前坐下，看著自己的面容，深呼吸了好幾次。真是沒道理，沒災沒病的，竟然覺得胸悶了。

就像有什麼東西被抽離，有些痛又有些壓抑，難受得很。

不過也好，至少一切都回到了原來的軌道上。

隔天天尚未明，將軍府外傳來了嘈雜聲，算是極少見的情況。

沒過多久，大管家急急忙忙地尋到黎霜這裡來。

「宮裡來了聖諭，要北邊那位立即入宮覲見……現下御前青龍衛提刀前來，大將軍在前堂應付著……大小姐！」

沒等大管家說完話，黎霜拔腿便往晉安的小院去。即至北邊小院時，黎霜遠遠便看見另一條道上青龍衛正往這方走。

心頭一急，黎霜用上輕功，三兩下落入了晉安院中，卻沒見到人。

剛推門入了晉安的房間，身後卻傳來一句詢問：「怎麼了？」

黎霜一回頭，見晉安手中執劍，額間尚有熱汗，像是舞劍了許久的模樣：「方才在練劍，聽到有聲響就回屋了。」

他的感覺比誰都敏銳。

「沒時間多說了，你先去城南白寺後的廢棄小院避避，地底有暗室，裡面什麼都有，等過了風頭你再回西戎。」

黎霜話說得快，但青龍衛沉重的腳步聲已經逐漸靠近了。

晉安神色鎮定，他微微瞇眼，眸裡的光鋒利非常，「秦瀾？」他道出猜想的告密者。

黎霜不言，推了晉安一把，「誰也不要相信，快走！」

晉安望了黎霜一眼，此情此景卻竟讓他想起了塞北的夜。石室中，因巫引的到來，他被迫與黎霜分離時，黎霜也是這般看著他，帶著解不開的擔憂，讓他想不顧一切地擁她入懷，親吻她皺起的眉間。

但外頭人將至，再沒時間耽擱了……

哐一聲，青龍衛推門而入，黎霜拾了地上的劍往院門一睇，星眸點漆宛似刀刃上的寒光。

所至青龍衛無一不驚。

黎霜將劍收於身側，「青龍衛？」她語帶疑惑，「聖上的御前侍衛為何大清早闖至將軍府？」

「將軍。」為首的一人乃是青龍衛長田守篤，司馬揚親信，說與皇帝一同長大也不為過。

以前他與黎霜也有私交，不過在黎霜北赴塞外後，這些交情也漸漸淡了下來，如今再見面，也是客套至極。

「臣等奉聖諭前來請貴客入宮與聖上一敘，冒犯了將軍，實在罪過。」

「這裡不過住了個曾對我有恩的凡夫俗子，為何是聖上的貴客？」

「微臣也不清楚，還請將軍行個方便。」

黎霜點頭，禮貌一笑，「聖諭如此，這方便自是得行。只是不知為何，昨日我回府後便沒再見過這人，今日本想與他論論劍法呢，久等未歸，衛長便替我來等吧！」

她將劍放在院中石桌上，手往裡一引，讓青龍衛自便。

田守篤望了黎霜片刻，便揮手讓身後的侍衛們入了院中，一通尋找自是未果。

最後，田守篤留了兩人在院中，帶著其他侍衛們離開了。

他們走了，黎霜回頭一望，將軍府裡的一眾叔伯也嚇得趕了過來。

黎霆連頭髮都沒梳好便跑來了，「阿姐，妳救回來的人到底什麼來頭？為什麼連青龍衛都來了？」

黎霜搖了搖頭，「我也不知道。」

她一開始確實不知道。

可當黎霜問自己，若是一開始就知道晉安是這般身分，那她還會去南長山救他嗎？

可怕的是，她心裡第一個浮現的念頭竟是──「會」。

她還是會不顧一切地救他，像今天一樣。

與晉長安

Yu Jin Chang An

第十章

京城城門果然落了鎖，戒嚴十日，任何人都不能進出。

西戎大使被軟禁起來，延誤了歸行時間。大使一次次請求放行，卻被一再拖延，消息宛如石沉大海。

大使久未能歸，塞外局勢霎時緊張起來。西戎籌集大軍，去年冬日沒爆發的那場仗好似在要在現下產生。

外界壓力慢慢匯聚，京城內仍尋不著晉安的蹤跡，最終司馬揚只好開城門，放了西戎使者。

自西戎使者出京的那一刻起，身邊全是大晉軍士，嚴防死守，決不允他多帶一人離開。

黎霜被請去閣內數次，審訊她的人皆是宰相的親信。

現在的宰相紀和，在司馬揚還是太子時，反而全力支持三皇子爭搶皇位。在司馬揚登基後，三皇子被軟禁於北山守靈，紀和卻因自己在朝中的勢力盤根錯節而留了下來。

然則明眼人都知道，與其說是宰相保住了自己，不如說是新帝暫時留他一條活路。

司馬揚是靠大將軍一手扶植起來的，背後勢力少不了大將軍的支撐，有不要命的人甚至在背後給大將軍取名為將軍王，暗諷他功高震主。

司馬揚需要一個可以和大將軍制衡的力量。

兩股勢力在朝中拉扯，司馬揚才有機會發展屬於自己的勢力，宰相能留多久，就看司馬揚的君王術要如何權衡。

紀和對司馬揚的作用便在審問黎霜時發揮了出來。

紀和的親信們不停審問她，那人長什麼樣、最後一次見他是什麼時間、他還認識什麼人……

對於這樣的審問，黎霜並不陌生，因為她以前就常看著手下人對別人這樣。

她的回答半真半假，前後貫通，沒有一點錯漏，讓人抓不著半點把柄。

在她看來，她就是一個為了報恩而救了陌生人的將軍。

不知道那人是誰，不知道他來自哪裡，也不知道為何要接受這樣的盤問，她只知道他的長相和力量。

大將軍也對黎霜被請去質詢的事情不聞不問，沒有動用任何關係，讓宰相也找不到參大將軍一本的理由。

半月過去，眼瞅著晉安的事逐漸風平浪靜，卻在一日朝堂上，宰相當著百官的面道大將軍私通敵國，原因是他們在城南白寺裡發現了一個地下暗室。

室內有人居住過的痕跡，而黎霜小時候未入將軍府時，就是寄住在這間寺廟中。

他們狠狠拷問了寺中和尚，終是有和尚挨不住打，說出最近有人在這裡住，他與那人交談過，那人說是大將軍安排他在這裡的，讓寺裡和尚不能與他人說。

這話黎霜一聽就知道，是被逼打成招。

第一，這事跟她父親一點關係都沒有；第二，雖然她與恢復記憶的晉安接觸時間不長，但她知道他不傻，不可能主動說出自己的來歷。

必定是有人在威逼利誘之下，做了假證，謊稱看見了晉安，謊稱是大將軍的指使。

他做的證雖假，裡頭卻有三分事實，令將軍府陷入了水深火熱的境地。

事已至此，黎霜不再沉默，「是我讓他去的。」黎霜第一次對審訊的人說出了實情，「我知道他是西戎皇子，知道青龍衛來擒他，是我讓他去的。將軍府受我連累，父親更是被我蒙在鼓裡。」

前來審訊黎霜的人乃是宰相親信，立即雙眼放光，「黎將軍，這可是大事，妳莫要為了替大將軍擔責，強往身上攬禍。」

「沒有攬禍，這是我做的。父親久未去塞北，根本不識西戎人，我從塞北歸京，一路南下南長，便是為了去救那人。將他帶回京城後，即使知道了他的身分，也是我要放他走的。」

黎霜說得冷靜，這話裡帶出的意思，讓記錄的人都愣在原地。

皇帝對黎霜的心思滿朝皆知，而黎霜此番供白，卻是狠狠打了皇帝的臉面。

「黎將軍。」宰相的親信目光陰鷙，「妳為何要這般助敵國的人？」

「西戎既已與我大晉簽署和書，便不再是敵國，用詞可得注意些。至於為何救他……」黎霜眸光微垂，「因為他救過我，我欠他良多。」

「將軍的所作所為，恐怕早已超過還人情的界限了吧？」那人嘴角微微一勾，「他與將軍有何淵源，不如細細道來？」

黎霜一抬眼眸，盯住他，「該說的我都說了，其他的，不該你問。」

那人也不氣，站起身來，拿了手上的文書便準備離開。

「那我便如實上報，之後若有該問的人前來，還望將軍莫要顧左右而言他。」

文書層層通報遞到了司馬揚手中，黎霜也不知道宰相的人會在裡面做什麼手腳，不過隔日她因此入了牢。

內閣地牢中，黎霜得了一間最大的牢房，可比起行軍打仗時的環境，這裡除了陰暗潮濕了點，也沒什麼不好，她待得坦然。

將軍府沒有一人來看她，甚至黎霆也未曾前來。

黎霜是理解的，畢竟將軍府現在是眾矢之的，稍有不慎，便會招來禍端。府內能做的就是盡量和她劃清界限，將過錯全都推到她身上。

不管這是不是阿爹的意思，但為了將軍府，也只能這樣做。

說到底，不管是黎霜還是大將軍，終究是臣子。她的交權、大將軍的節節退讓，也是為了讓新帝安心。

黎霜在牢裡待了一段時間，她甚至感覺得出來外頭天氣開始變熱了。

內閣一直未就黎霜的事給出定案，等到天氣熱得讓牢裡開始有蚊子出來時，一個熟人終於來地牢找了黎霜。

看見秦瀾，黎霜沒什麼情緒，倒是秦瀾在她牢前半跪了下來，「將軍。」

黎霜嘆了口氣，「都革職了，直接叫我姓名吧。」

「將軍為何一人如此……」

「秦瀾你問過很多遍了。」黎霜道，「你知道為什麼。」

秦瀾咬牙，靜默不言，牢中一時安靜了下來。過了許久，他才道：「是我告訴聖上的。」

「我知道。」黎霜答得簡單，卻讓秦瀾彷彿被重重扇了一個耳光一樣，他垂頭不敢看黎霜的眼睛，卻聽黎霜道，「若是能將西戎未來的太子留作質子，未來很長一段時間，他將是大晉與西戎那份和書的最大保障。你做的事，於大晉而言是好事，是我錯了。」

從皇帝的角度、大晉的角度，甚至是以前黎霜的角度來想，她著實該坐這大牢，所以打入牢起，她沒有試圖辯解過。

秦瀾的表情越發隱忍，最終忍不住喊道：「我不是忠君！也不是愛國！」他聲音低沉，卻帶著那麼多很意，恨那遠走的晉安，也恨自己，「我只是嫉妒！將軍，我只是嫉妒，我對妳——」即便已瀕臨爆發，他還是說不出口。

黎霜只是看著他的模樣，明白了他的意思，卻也什麼都做不了。

他們以前一開始或許只隔著身分，現在卻隔了一顆心。

「秦瀾。」黎霜冷靜道，「我不再是將軍了，如今只是個牢中囚犯，不再需要親衛，也沒有資格擁有親衛了。今日你回去後，便將親衛長令交給阿爹，以你的能耐，也不該止步於此。」

秦瀾終於仰頭望向黎霜，但見她眸色冷靜、神情如舊，彷彿剛才的話只是一個普通命令，令士兵訓練，令部隊整裝，令他日復一日陪伴在她身邊。

但內容卻是令他離開。

「你以後要好好的。」

秦瀾雙目驀地一空，他太熟悉黎霜了，他知道她是認真的，她不再需要親衛，也不需要他了。

牢中氣氛陷入死寂，秦瀾彎腰聽令，那骨脊摩擦的聲音似是快折斷了。

「是。」

他站起身，猶如被奪了魂魄一般，踉蹌而去。

「秦瀾。」黎霜突然喚住了他，秦瀾眸中微微點亮一撮細小的星火，他側了半張臉，卻聽她問道，「他……現在有消息嗎？」

最後的火焰熄滅，他輕聲答道：「聽說有江湖門派在助他，不知如今行去了何方，西戎尚未有他回歸的消息傳來。」

「好。」黎霜點頭，「多謝。」

「將……」秦瀾頓了頓，「小姐且在牢內安心再呆幾日，大將軍定會想辦法保妳出去。」

「嗯。」

秦瀾回過頭，一步步離開牢房，每一步都與黎霜的呼吸漸遠。

前面的路好像黑得看不見了，他只知道自己應該向前走，因為這是黎霜希望的，但是該去哪裡、如何走，他不知道……

見秦瀾徹底離開後，黎霜才輕輕嘆了口氣。初識秦瀾至今已有十多載，過去回憶彷彿還歷歷在目，她閉上眼，歇了一會兒。

不過唯一感到安慰的是，秦瀾說有江湖門派在助晉安，不用想也能猜到是五靈門。

若是晉安一人，要從京城趕到大晉邊塞或許十分麻煩，現在有五靈門在，巫引那般機智的人，斷不會虧了晉安。

黎霜靠在牆邊，想著這些事，迷迷糊糊地睡到了下午。

夕陽西下時，地牢外恍見人影晃動，黎霜掃了一眼，是送飯的獄卒來了。

以前來送飯的獄卒對黎霜相當客氣，每次來了都會先稱呼一聲小姐，再規規矩矩地送上飯菜。

今天的獄卒卻沒有叫她。

黎霜心道是自己剛才睡著他不方便打擾，便打了聲招呼：「今天的飯食有哪些啊？」她被關久了，一天說不到幾句話，跟獄卒說說話，倒也能打發一點時間。

「啊……哦……青菜、米飯，還有些肉食。」

黎霜挑了眉，她好一陣子沒吃過肉了，「還有肉食啊，那我得好好嘗嘗。」

翌日清晨，地牢裡傳來一則驚動朝野的消息，大將軍之女，原長風營守將黎霜，因病猝死牢中。

大將軍在朝野之上聽聞此消息，氣血攻心，致使舊病復發，即告別早朝，回府養病。

黎霜一直是大將軍的驕傲，以女兒之身為國征戰，所赴戰場皆是連男兒也為之膽寒的肅殺之地，如今卻落得猝死牢中的下場。

大將軍接連五日稱病未上朝，皇帝與大將軍府間的氣氛變得格外奇怪，整個京城連帶陷入寂靜中。

黎霜身死的消息卻像長了翅膀，經過百姓們的口，飄飄搖搖，散了千里。

將軍府隱祕送葬黎霜那日，下著小雨。

棺槨旁跟著的是黎霜生前領過的親衛，還有許多她以前帶過的兵，反而將軍府的人來得少，大將軍也未曾來，只有黎霆跟著棺槨，走得一步一踉蹌，秦瀾在一旁拉了他好多次，避免他摔倒在地。

在這幾天裡，黎霆已經哭啞嗓子了，即至挖好的墳墓旁，抬棺人將棺槨放入簡單的墓穴裡，黎霆嘶啞地喊了聲：「阿姐……」聲音跟著雨絲墜下，落在棺槨上，卻被一抔黃土蓋掉。

黎霜是大將軍的義女，但她帶罪死在牢中，於將軍府而言，連發喪也無法正大光明。

因此一切從簡，普通的棺材、普通的墓坑，沒有她生前的功名，甚至比不上任何一個為國廝殺過的士兵。

黎霆跪在地上，白色的喪服被泥濘染髒，秦瀾架著他的胳膊，靜默不言。

羅騰從塞北趕了回來，一身喪服裡的鎧甲還帶著塞北的冰冷，他一雙眼瞪得猶如銅鈴，一眨也未眨，只注視著親衛幫黎霜的棺槨蓋上土。

「末將來遲！末將該死！」他一邊說著，一邊打自己巴掌。

羅騰手勁大，粗糙的皮膚立即高高腫起一塊，可他不停手，一巴掌又接著一巴掌。

那清脆的聲音彷彿能撕裂這個雨天，如鞭子抽在每個人心底，除了黎霆沙啞得幾乎無法繼續的哭聲，在場一片死寂。

忽然間，細雨中風聲一動，一道黑影撲進了墓坑，一掌狠狠擊打在厚重的棺槨上，硬生生將釘死的棺槨蓋狠狠擊飛。

厚重的棺槨蓋被擊飛的力道之大，將一側尚拿著鏟子的親衛擊倒在地。

「大膽！何人敢擾將軍之靈！」羅騰大喝出聲，不管臉上紅腫的痕跡，拔了腰間的刀便要向那人砍去，秦瀾卻伸手攔住了他。

羅騰頓住腳步，看了秦瀾一眼，再向那人望去，卻見他站在墓裡，一動不動，恍似雨中幽靈。

厚重的棺槨裡還有個木質棺材，只比人稍微長一些。他一掌擊飛了那麼厚重的外棺，看見裡棺時卻像是被抽光了全身力氣一樣，就這樣看著不動。

雨幕裡，他呼吸粗重，猶如困獸。

「是……」黎霆淚眼朦朧地認出了晉安，但他剛開了口，周圍密林裡竟冒出了許多人。

來者腰間配著青龍刀，竟是皇帝的青龍衛！

他們拉弦引弓，直指那方的晉安。

而晉安彷彿一無所覺，一雙漆黑的眼盯著同樣封死的裡棺，目不轉睛。

身體裡的玉蠶告訴他，沒錯，裡面正是黎霜。

他的目光便就此定住了，再也看不了別的地方，那些拉弓的人在喊著什麼，粗嗓門的羅騰又在吼著什麼，對他來說都沒有耳邊風聲和眼前雨滴來得真實。

棺木靜靜地放在面前，黎霜靜靜地躺在裡面。

她再也沒有溫度、沒有芬芳，但是對晉安來說，他的靈魂像被吸進去了一樣。他想蹲下身，打開裡棺，確認裡面是不是黎霜。

萬一……是呢？

五靈門費了一番工夫將他接到鹿城，而鹿城離西戎不過也就半日路程，然則在過那黎霜守過的城門時，他見到了正在當值的羅騰。

小兵驚慌失措地來報：「羅將軍！京城來報，黎將軍猝……猝死牢中……」

羅騰怒氣沖天，「混帳！話都說不清楚，哪個黎將軍！」

「黎……黎霜大將軍……」

滴答。

彷彿水滴入心湖，激起了千層漣漪。

晉安只見羅騰怔愣片刻後，倏爾失色，轉身隨小兵走了，他則在熙熙攘攘的人群之中靜立。

頭上是她站過的城樓，腳下是她守過的土地，他卻好像忽然聽不懂「黎霜」這個名字所代表的意義一樣。甚至在這一瞬間，他已經聽不懂所有話語了。

身後有人推搡他，擦肩而過的人咒罵他擋路，很快有士兵上前關心。

晉安依舊毫無反應，像被抽走了靈魂的木偶，等待著有人帶他離開。

一直在後面觀察情況的巫引走上前，喊聲：「這位大少爺。」見晉安神色不對勁，他眺眼道，「都走到這裡了，你莫不是想告訴我，你突然想念某人，想原路返回吧？」

「我要回去。」

「……」巫引好脾氣地微笑，「你可是覺得我五靈門人都閒得緊？」

晉安一言不發，轉頭就往鹿城另一頭走，每一個迎面而來的陌生人都像海中巨浪，阻擋著他返回。

巫引慢慢地跟在後面，沒追多遠，旁邊的五靈門人湊上前說了幾句，巫引神色微變，當即斂了所有情緒，全力追上晉安。

此後一路自塞北趕回，他再沒一句廢話。

在路上，晉安鮮少與巫引說話，直到他主動問一個問題：「如果黎霜死了，我會死嗎?」

「照理說即使蠱主死了,蠱人也不會死。」巫引道,「但蠱人死忠於蠱主,多數會選擇自縊,然後我們就可以回收玉蠶蠱了。不過你與玉蠶的結合本就奇怪,畢竟你可以離蠱主這麼遠,還主動提出離開,看起來像是你戰勝了玉蠶蠱的意識。」

巫引盯著他的眼神帶著考究,「說實話,我不明白你為什麼還要回去找黎霜。她如何,對你來說,不是不重要了嗎?」

黎霜死了,而晉安有自己的意識,鹿城城門外便是西戎,他可以帶著這蠻橫的力量回到西戎,這對他來說應是最好的結局。

世上再沒有事物威脅得到他。

黎霜死了,不是正好嗎?他之前想做而沒做到的事,老天爺幫他做到了。

她知道他的身分,知道他是殺了兩名西戎大將的西戎皇子,他若要回西戎,身上容不下這樣的汙點。

但是……

得知黎霜死去後，即便每天晚上都烤著火、坐在篝火旁，他也覺得寒意透骨，彷彿身體裡的血再也熱不起來似的。

甚至他的思想也開始變得奇怪，當他聽到巫引告訴他，黎霜死了，而他並不會死的時候，他第一個反應卻是，無趣和失望。

為什麼不乾脆讓他隨她而去？

在徹底消化「黎霜身死」的消息後，撕裂的疼痛如跗骨之蛆，爬遍四肢百骸，每一個骨頭縫裡，都有長滿尖牙的蟲子在拚命噬咬。

黎霜死了，為什麼他還要活著？

為什麼還要活著？

這個想法，直到他站在黎霜棺木前時，依舊如此。

他以為愛黎霜的是蠱蟲，依賴黎霜的也是蠱蟲，而不是自己，所以在找回屬於自己的記憶、明白自己是誰後，他就應該壓下所有蠱蟲帶來的衝動。

因為蠱蟲就像毒，他必須治療這個毒。

他強迫自己冷漠客氣地對待黎霜，強迫自己離開，強迫自己理智。

但時至今日，看著面前的棺木，他方才知曉，什麼治癒、理智……不過是自欺欺人。

他再也不是以前的傲登了，那個被棺木裡的人賜予的名字，早就融進了血液、刻進了靈魂裡，難以忘記。

他想清楚了，卻為時已晚。

咻！

一支利箭破空而來，深深刺入他的肩頭，晉安被箭的力道撞得往前踉蹌了一步，跪在了黎霜的裡棺上。

一聲空蕩蕩的迴響，彷彿裡面什麼都沒有，卻震顫了晉安的記憶。

傷口處留下的鮮血滴在棺上，濺起的血花好似鹿城清雪節那天夜裡的煙花，最後一響，讓他記憶猶新。耳邊飄散而落的雨絲，也像是他第一次吻她，那塞北風雪飄飛的山頭，她的驚與怒仍在眼前。

還有那賊匪窩裡，她不顧危險，跳入滿是刀刃的陷阱來救他。也有軍營之中，人前做鐵面將軍，背後卻悄悄給他遞了糖果。甚至不久前，南長山的地牢中，她風塵僕僕地前來救他，卻被他所傷，她仍笑著輕聲安慰他。

一切的一切，停在了那日她打馬而來，躬身抱起他，給他餵食了她指尖的鮮血……

不是玉蠶先愛上黎霜，而是他。

利箭自四方射來，擦過髮冠，讓晉安的頭髮披散而下，他卻動也不動。

此時，突然有箭斜空而來，射穿了裡棺本不厚的木板。

木板沿著紋路，折了一塊進去，露出了棺中人的黑髮。

晉安渾身一顫，彷彿被這一箭傷了三魂七魄。

他一咬牙關，胸中悲中染怒，烈焰紋再次蔓延起來。他一轉眼眸，惡狠狠地瞪向圍繞著墓坑的青龍衛，眼中瞳孔在黑與紅間來回變換。

「誰敢傷她？」

眾人眼睜睜地看著他衣襟間爬出一道紅紋，一直向上，止步眼角，緊接著燒紅了他的眼瞳。

他解了外裳，包住黎霜的棺槨，將它綁於後背上，如野獸一般盯著四周的青龍衛。

血怒令他有些瘋狂，那些火焰紋並沒有停止在他身體裡的暴走，很快便遍布了他的手與另外半張臉，紋路不停變化，顏色越來越深，看起來似妖似魔。

他像不知痛一樣拔下身上的利箭，動作狠戾，不僅驚了青龍衛，甚至久經沙場的羅騰也是一怔。

「此人是……」

晉安背著黎霜的棺材自墓坑裡爬出，像是從地獄裡帶回了自己妻子的惡魔，欲殺遍世間神佛。

他血紅的眼盯著前方，青龍衛引弓指向他，青龍衛長開口道：「我等受皇命前來邀傲登殿下入宮，並非想……」話沒讓他說完，晉安遠遠一抬手，竟隔著那麼遠的距離，以內力將他拖抓過來，擒住青龍衛長的頸項。

「入宮？好，皇帝逼死了她，那我便去殺了你們皇帝！」

在場之人無不大驚，見他竟有幾分瘋魔，青龍衛們紛紛拔劍。

晉安卻未曾看他們一眼，一手卸了青龍衛長腰間長刀，再將他甩至一旁，邁步往皇宮方向而去。

深知不能讓他離開此處，青龍衛長掙扎起身，一聲令下，青龍衛們一擁而上。

晉安在刀光劍影中，半分不護自己，只護著身後的棺木。他雖厲害，但棺木體積大，對方人也多，終是有護不周全之處，他卻寧願用身體抵擋，也絕不讓人傷這棺木半分。

且行且殺，一直從密林殺到了城郊，綿綿細雨也在激鬥中越下越大，越是靠近主路，衛兵便越多。雨幕中晃眼一看，似他獨自一人，面對著千軍萬馬。

棺木上被染得通紅，也不知是他身上的血還是青龍衛身上的血，屍首滿地，一身煞氣令周圍的衛兵皆不敢輕易動手，眾人只能將他包圍其中，跟隨著他的腳步，慢慢挪動。

「此人瘋了！」

「他入魔了！」

「……必是妖邪！」

眼看面前士兵越來越多，遠處忽然傳來笛聲，泥濘中驟然竄出無數黑蟲！

黑蟲向四周軍士身上爬去，眾人驚慌起來，手忙腳亂地驅趕，然而無論怎麼趕都趕不盡。

眾人亂了陣腳，而此時空中卻落下兩人，身著青衣裳，上前便要抓晉安的胳膊，欲帶他走。

哪曾想他們擒不住他，晉安側身一躲，身形一轉，他後背綁著的棺木立即將兩人打開。

他沒有傷害來救他的五靈門人，只是不讓他們靠近他。

什麼也不能阻止他去皇宮，什麼也不能阻止他去送死，他彷彿用了全身力氣在表達此意。

「不得讓他逃了！」青龍衛長內力一動，震碎密密麻麻的小蟲，轉身拔了身側軍士的刀，便往晉安砍去。

晉安提刀迎上。

一擊之下，青龍衛長被那力量擋了回去，連連退了十餘尺才停住腳步，而他手上的大刀則在他站穩之際，應聲而斷。

眾人對晉安的力量皆是驚懼，然則青龍衛們歷來便是皇家護衛，也有自己的驕傲與堅持，一時間守衛們皆效仿衛長，以內力驅了黑蟲，再次蜂擁而上。

場面混亂，一片血肉模糊，彷彿能將天上的雨水都浸染成血紅色。

前來送靈的將軍府軍士們則站在地勢稍高之處靜觀戰鬥。

黎霆揉著眼睛不忍去看，「阿姐定是不希望如此的。」

羅騰看得直抓腦袋，「這人和將軍……」

秦瀾沒有說話，只是往旁邊望了一眼，身形矮小的軍士像其他人一樣戴著斗笠、穿著黑衣，讓人看不清面孔，他在眾人皆關注那方廝殺之時，默默隱去了身影。

雨中廝殺越烈，五靈門前來營救的人也被拖入其中，難以脫身。這樣下去，不止是晉安，五靈門恐怕也會被捲入朝廷紛爭中。

倏地，一道利箭破空而來，以刁鑽的角度恰恰擦過青龍衛的手臂，直直穿入晉安的心房。

晉安順著箭來的方向一望，重重樹影中，那人半跪在樹上，手中尚握著震顫中的弓，寬大斗笠下，她輕輕一抬頭。

那雙熟悉的眼眸便似黑夜裡的星光，直接照進了晉安心裡最黑暗的地方。

他緊繃著唇角，壓抑了所有情緒。

黎霜……

是黎霜……

她還活著。

他一開口，想喚她的名字，鮮血卻先一步湧出，那些之前被壓制著的傷痛似乎同時爆發了，他吐出一大口黑血，被濃厚的腥氣嗆住。

在劇烈的咳嗽中，他再無力氣支撐身體，跪倒在地，綁縛棺木的衣裳徹底斷裂，棺木從晉安背上滑落，重重落下，濺開一地泥與血。

晉安卻笑了出來，笑聲沙啞且破碎。

她還活著啊。

回程路上，巫引問過他，萬一是黎霜假死，誘他回去的計謀呢？

他沒有回答，心裡卻想著，若是如此就太好了。

晉安跪在地上，連抬頭的力氣都沒有，「呵……」一聲似嘆似釋懷的輕笑混著雨絲飄零落地。

多好。

真的是一場計謀。

她沒有死。

咚！

他便這樣帶著笑意，昏厥於地。

周遭的青龍衛試探地上前，欲帶晉安回宮。這時，遠處笛聲再次響起，不止地裡，天空中也鋪天蓋地地飛來蟲子。

任憑青龍衛們如何驅趕，卻也被黑蟲迷眼，頓了動作，只得眼睜睜地看著那兩人架起昏倒的晉安，以輕功帶走。

沒有人注意到那大樹之上，一把弓頹然落地，樹上那身形瘦小的軍士，已然不見蹤影。

十日後，南長山。

鳥鳴聲悅耳，晉安醒過來時，身邊一人也沒有。

他試著坐起身，但剛一動，便有劇烈疼痛自心口傳來，讓他又倒了回去。

「他若再是不醒，我也沒辦法了。」屋外傳來巫引的嘆息聲。

「怪我那箭太重。」

聽聞這個聲音，晉安眸光一亮。

「也是沒辦法。不那樣做，誰也帶不走他。」

兩人說著說著，進了屋裡。

「哦！」巫引顯然像是被驚了一跳，「醒了啊……」

晉安沒有管他，眸光只隨著另一個人影而動，她繞過桌椅，疾步走到他床榻邊：「醒了？」她身影逆著光，聲音容貌一如塞北初見。

「醒了。」他聲音沙啞至極還帶著顫音，深怕自己只是在做一場夢，「妳還活著？」

黎霜一默，「詐死一事，本是別有目的，我沒想到你會回來。」

詐死啊……

要。

晉安輕輕閉了閉眼，巫引對他那日失魂落魄的打趣都成了耳邊風，不再重

黎霜見他這般模樣，只道他身體疲憊，便道：「你先休息，我——」

「妳陪我一會兒。」他轉了頭，望著黎霜，「不要離開。」

這是以前失憶時的晉安會說的話，現在從他嘴裡說出，反而多了幾分命令和強硬的味道。

黎霜愣了片刻，倒是點了點頭，「好。」橫豎她現在也沒別的事情可做。

她如今已經是一個死掉的將軍了，除了司馬揚、她阿爹和秦瀾，沒有任何人知道她還活著，甚至黎霆也被蒙在鼓裡。

說來如今這一齣大戲，其實也不複雜。

當初那日送飯的小卒，一眼被黎霜看穿，她佯裝中毒，騙小卒入了牢中，三兩下便擒住他問了究竟。

原來是宰相想趁機下手，弄死黎霜，離間皇帝與大將軍府的關係。

宰相太過心急了，司馬揚需要的是一個聽話的棋子，不是他這樣暗地裡還可以調動人手暗殺將軍之女的棋子。

黎霜餵了那小卒自己的血，稱自己血中帶有蠱毒，命他傳信告知秦瀾，隨即才有了這一齣戲碼。

黎霜詐死，大將軍疑似與皇帝出現隔閡，趁宰相放鬆之際，秦瀾再抓出小卒，道出投毒事件，最終以殺害將軍、欺君罔上等數項罪名，降罪宰相，斬除他羽下勢力。

放出黎霜身死的消息，是為了將這戲做得逼真，而同時，也是司馬揚放了黎霜一馬。

黎霜一開始並不知道司馬揚為什麼突然想通了，願意放她離開。畢竟就算是詐死，以君王之名，給她隨便塞個名號讓她入宮，也不是什麼困難的事。

直到黎霜孤身離京那日，將軍府知曉計畫的人皆未出現，讓人驚詫的是司馬揚來了，他微服出宮，身邊誰也沒跟。

那日天色正陰，春雨連綿了一段時間。

司馬揚一身青灰袍子，雖無龍袍加身，君王風範仍是顯露無遺。

黎霜與他相見時，有幾分尷尬。

過去這些時間，司馬揚雖與她共同謀劃了對付宰相黨羽一事，然則兩人並沒有見面。

黎霜詐死被送回將軍府後，她一直深藏府中，所有計謀皆是大將軍與秦瀾在中間配合完成。

黎霜下葬那日，秦瀾與她說，聖上准許她離開，所以她本是打算在「自己」的棺槨入土後，隨羅騰一同去塞北。

沒想到，晉安竟從塞北追了回來；更沒有想到，司馬揚竟料中了晉安要回來，安插了青龍衛在那裡。

她最後一箭放走晉安，以至於那西戎未來的太子終是被人救走，大晉失了好大一個應付西戎的籌碼。

是以如今她與司馬揚見面，一個是不忠之臣，一個是不義之君，疏離感難以掩飾。

「聖……」

司馬揚抬手止住了她的話，「我不過是來與故人一別。」

黎霜聞言一怔，沒再行禮，轉而直視司馬揚的眼。

朝堂上，秦瀾已供出宰相唆使他人毒殺黎霜的證人，這個君王如今在這裡，他背後的手卻在進行登基以來第一場肅清。

不難想像，沒了宰相紀和，往後他與將軍府之間的勢力拉扯會有多激烈。

但那些，都和黎霜無關了。

「大將軍勒令秦瀾不得來為妳送行。」黎霜牽著馬，司馬揚跟在她身邊，真像是來與故人送別的老友，「看來，他是要妳完全斬斷和過去的聯繫。」

黎霜理解，父親在告訴她，黎霜死了，所以不會有將軍府的人來送她。

從今往後，她再也不是黎霜了，將軍府的功與過，也都和她沒關係了。

不是絕情，而是這樣她才得以開始新的生活。

黎霜沉默不言，只聽司馬揚接著道：「我也答應了大將軍……」他頓了頓，「霜兒，這當真是妳我最後一面了。」

至此刻，黎霜恍悟，為何司馬揚不再用任何手段想留住她，原來是父親出面了。

為了讓她這不孝女離開，阿爹與皇上必有一番爭執吧。

春風溫潤，吹得黎霜雙眼也帶了幾分濕意。她頓了腳步，眨了眨眼，散去眸中濕氣，轉頭望司馬揚，「聖上便止步於此吧。」

司馬揚果然停了下來，沒再強求。

「我沒料到，那人竟是當時在塞北為我大晉抵禦西戎的黑甲人。」

黎霜沉默了。

那日晉安情緒狂躁之時，不知哪個軍士認出了他，將這個祕密流了出去。

「說來……話長。」黎霜不知如何解釋。

司馬揚搖了搖頭，「我不用知道緣由，只是如今消息走漏出去，不日西戎那方便會知曉，他們不會要一個殺了兩名大將的皇子做未來的王。」

黎霜沉默應了，不知西戎的人會如何對待晉安，但可以想像，他若想再重登太子之位，恐怕很難。

「他對我而言，也沒那麼重要了。」

司馬揚目光放長，望著遠空，遠處雲色青青。

黎霜轉頭看他，嘴角微微一動，只道：「多謝聖上。」

她明瞭司馬揚來送行的意圖了，他是最後來安她的心，告訴她，晉安對他沒用了，妳若要去找，那便去找吧，日後各自珍重。

這大概算是君王的……最後溫柔吧。

黎霜牽馬前行，漸行漸遠。

他們都知道，世上再也沒有大將軍府的黎霜了。那個皇帝的親梅竹馬、一見面就打了他一拳的野孩子、記憶中的英氣少女，都死掉了。

生活向來如此，總有舊人故去，總有新人歸來。

黎霜回到了南長山。

巫引將晉安帶回足足兩日了，他傷勢極重，昏迷不醒，夢裡朦朧間喚的只有一個名字——黎霜。

黎霜是來了，但他還是沒醒。巫引說，若是今日再不醒，恐怕他再也醒不過來了。值得慶幸的是，上天還是讓他活了過來。

黎霜坐在床榻邊，回想著過去幾日，她打量了晉安一眼，見他又迷迷糊糊地睡了過去，便起身想去倒水喝。

哪曾想她剛動，晉安立即轉醒過來。

「要去哪裡？」

頭一次被人看得這麼緊，黎霜有點哭笑不得。重傷在床的是他，怎麼搞得像她才是需要被看護的人？

「我去倒點水喝，你渴嗎？」

「妳餵我嗎？」

這問題問得……難不成還讓幾乎癱瘓在床的他爬起來喝嗎？

黎霜點頭，「當然。」

「那我有點渴。」

「……」她若說不餵，他就不渴了？

黎霜倒了水來，彎下身子扶起他，給他餵了半杯水，「還喝嗎？」晉安搖頭，她便放下水杯，一邊幫他整理衾被，一邊說起話來。

「今日收到消息，當初你殺了兩名西戎大將的事走漏了，西戎新王本想壓下這消息，可西戎朝中已掀起了軒然大波，你那父王大概是礙於壓力，下令不再召你回西戎。你傷好之後，若想回西戎當太子，恐怕有幾分困難。」

晉安應了一聲，算是知曉了，情緒並無太大波動。

黎霜給他撫平了衾被，又問：「待你傷好，你有什麼打算？」

晉安默了許久才回：「再說吧。」

他答得有些許冷漠，黎霜便也安靜下來，「你再睡會兒吧，我那一箭太重，離你心臟又近，雖然你好得快，還是多休息比較好。」

晉安聽話地閉上了眼。

隔了許久，在黎霜以為他再次睡著時，他又開口道：「不用愧疚，我知道妳是為了救我。」

黎霜怔了片刻，如果說以前的晉安像小孩一樣單純而執著，現在的他則比以前多了犀利與睿智。

終究和以前不同了……

翌日，晉安醒來時身體已經比昨日好多了，不過一晚時間，他便能簡單地下床走路。

他扶著牆出了房，沒見到黎霜，一問之下才知道她去後山採藥了。

幫他療傷的藥品中，有一味藥引需至陡峭的懸崖上取。以前的藥都是巫引親自採回來的，現在用完了，便只能再去採。近來巫引忙著族內事物，這事便落在了黎霜頭上。

往懸崖的路極是陡峭難走，晉安撐著身體，走到一半，實在難以繼續，便停了下來，坐在路邊休息。他往遠處一望，崖壁隔得太遠，他也看不見上面有沒有人，只是能猜想到，去那處採藥，即便是有巫引的輕功也十分危險。

黎霜……

不知等了多久，前路傳來輕細的腳步聲，晉安站起身，一眼便望見了還在路那頭的黎霜。

她臉上有些髒，手臂的衣裳不知被什麼東西劃破了，手上還有一片血肉模糊的擦傷。

晉安眸光一凝，立即迎上前。

「妳怎麼傷了？」

「你怎麼來了？」

兩人同時開口。

黎霜不甚在意地拉扯了一下破爛的袖子，「前幾日下了雨，石頭有些滑，不小心摔了一跤，沒什麼大礙。」

摔跤如何會將衣服撕破，定是在懸崖上往下摔了，當時場景不知有多驚險……

晉安默了許久，「我的傷自己會好，以後不用去採藥了。」

黎霜笑著道：「我知道，這不是為你採的，是還五靈門的人情。」

為了替晉安治傷，把他們那麼難取得的藥用完了，黎霜便去採回來還給人家。

晉安心想，幫他治傷的藥，為什麼是她去幫他還人情……

「以後我去採吧。」

「你先養好傷吧。」

黎霜這樣說，晉安卻自然而然地接過她肩上的藥簍，他面色還很蒼白，黎霜想將藥簍拿回來。

「有些沉，你現在背不了。」

「我連妳都可以一起背。」

這話說得曖昧，黎霜一怔，有一種與以前的晉安說話的感覺，但……又不太一樣。

巫引這方剛處理罷了族內的事，出了房，見黎霜與晉安一同走來，心覺有趣，便道：「咦，現在你倒是不想著要離開她了？失去過，所以知道珍惜了？」

黎霜瞥了巫引一眼，「他不過是躺久了無聊罷了。」

「我是去找妳的。」

黎霜幫晉安找的臺階，被他自己一秒破壞了。

黎霜有點怔，巫引則在一邊咋舌，還想揶揄兩人一番，晉安便不客氣地將藥簍塞進他懷裡。

「日後再採十筐給你，缺什麼與我說，不要麻煩她。」

言罷，他便先行回了房。

巫引望了眼晉安的背影，「嘖嘖，竟然是這樣的脾性，還是以前沒有記憶的時候好欺負。」

黎霜則有幾分困惑，「他如今到底是什麼情況？那玉蠶蠱好似對他沒什麼影響了，但是他好像……」

「好像還是忠誠於妳是吧？」

黎霜點頭。

巫引琢磨了片刻，「玉蠶蠱能改變他的身體，卻不可能完全改變他這個人。正常情況下會保留他的記憶，所以每個玉蠶蠱人雖然忠於主人，但依然保有他們原本的喜好，這才是正常的玉蠶蠱人該有的樣子。」

黎霜怔然。

「也就是說……他現在這樣，才是你們五靈門歷代玉蠶蠱人該有的模樣？」

「嗯。」巫引點頭，「在你們離開南長山時，我便一直在琢磨，在他想起過去的記憶後，他所經歷的一切，像是把玉蠶蠱初入人體時該經歷的過程又經歷了一遍，重新再與體內的玉蠶蠱融合。從一開始的掙扎、混亂，到之後的抗拒，再由過去的記憶帶來精神上的掙扎，直至現在的融合與認同。」

「所以他現在……成真正的蠱人了？」

「是變成他該有的模樣了。」

黎霜聞言，一時心頭情緒複雜至極。

如今的晉安到底是誰，是傲登，還是晉安？黎霜無法區分。

讓她更迷惘的是，現在這模樣是晉安真正想要的嗎？現在的生活，是他真正想要的生活嗎？黎霜不知道，也無法幫他回答。

是夜，用了晚膳，黎霜坐在五靈門山崖上瞭望遠方星空，耳邊的風被人擋住，她轉頭一看，是晉安找了來。

「你該多休息。」

「悶在屋裡不叫休息。」

嗯，他說得也有道理。

黎霜點了點頭，隨手拿了旁邊的酒罈，仰頭喝了口酒。她喝得有些多了，臉色泛起紅暈，看起來有幾分醉人。

「妳愛喝酒？」

「不算愛，只是以前在將軍府和軍營裡都必須保持我該有的模樣，不能放縱；現在初得自由，便放任一下。」

晉安靠近黎霜，黎霜下意識地便僵住了身子，晉安卻只是錯過她的身，拿了她身側另一邊的酒罈，然後就著壇口豪飲一口。

「你身體……」

「南方的酒不如北方來的烈。」晉安將酒罈放下了，「妳該去喝喝西戎的酒，比較合妳的脾性。」

黎霜被他打斷了話，看著他比之前已經好很多的臉色，便也懶得說些注意身體的話了。

她笑著搖搖頭，並不在酒的話題上多談，只是借著晉安說到西戎的由頭，問他：「你這傷我看最多十來天便能好，到時候你還是打算回西戎嗎？」

晉安晃了晃酒罈，沒有及時回答，似斟酌了片刻，轉頭看黎霜，「妳呢？」他漆黑的眼瞳中映著漫天星光，「妳打算去哪裡？」

「我？」

「不做將軍，也不嫁給你們大晉皇帝了，妳有什麼打算？」

「我大概……」黎霜看了晉安一會兒，垂下眼眸，輕笑一聲，「我大概會去看看山水、遊歷各國吧，把以前做將軍時沒做過的事都做一遍。」

「嗯。」

晉安輕輕應了一聲，聽來冷漠，也沒接下文。

山風吹得沉默，待那壇酒飲了個空，黎霜便起了身，「夜裡有些涼了，我先回屋睡了。」

「嗯。」

直至回屋，晉安也沒再喚她。

黎霜吹熄了屋內的油燈，在黑暗中有幾分怔神。

晉安問她以後有什麼打算時，第一時間她是有點不知道如何回答的。本來在她的想像裡，以後的生活裡應該有一部分是晉安。

但方才看著他的眼，聽他稍顯冷淡的回答，黎霜卻又不確定了。

巫引說他變成了一個完整的蠱人，說蠱人就應該是這樣，但黎霜還是無法理解。

對她來說，晉安是一個人，以前他那麼依賴她，是因為他的記憶不完整，所以她是他的全世界，離了就沒辦法生活。

現在晉安不再是那樣的人了，他可以離開她，也可以選擇不再依賴她，他因她身死的消息而回到京城，或許是他身體裡「蠱性」所至。

正常情況下，誰都知道，以前的晉安對她的偏執，其實是不正常的，那並不是愛，甚至不是出於他自己的意願。

誰都不願意過被「控制」著生活吧。

更何況從現在來看，晉安在身為傲登時，他大概是一個殺伐決斷、極為強硬的男子，這樣的人若是告訴他有朝一日要聽從另一個人的話度過此生，與將他關起來、囚禁成一個玩偶又有什麼差別？

那不如在晉安傷好之前，她就此離開，雙方都可以告別這樣的畸形感情。

她不再是大將軍，就算哪一天她死了，也不會有人將消息傳到他耳裡。從此一別兩寬，各自過著自己的人生，再不互相打擾……

如此也不錯。

這一夜，她沒有休息，天將亮時，她藉著窗外的薄光寫了一封告別信，留給巫引的，在桌上放定，帶了個簡單的包袱便輕手輕腳地離開了五靈門。

下山之前，她回首望了眼晉安的房門，房門輕輕掩著，他應該還在沉睡。

黎霜轉身，下了山。

她當過將軍，此生最常遇見的便是生離死別，但即使如此，她仍不擅長此事。

南長山下山的路蜿蜒崎嶇，她一人在林間走著，太陽還沒完全升起，路上迷霧朦朧，不知轉了多少山路，前面道路漸漸平坦，密林皆被她拋離在身後，然而在前面與蜿蜒山間小路連結的官道上，有一人負手站著。

他不知站了多久，他的肩頭早已被露水浸濕。

似聽到了她來時動靜，他轉過頭，在晨曦鋪灑的道路上，金色朝陽讓他微微瞇起了眼，他靜靜地看著她。

「走吧。」

簡簡單單兩個字，那麼輕鬆自然，彷彿他們約好了要在這裡見面一樣。

黎霜倒有些愣住了。

「去……哪裡？」

「任何地方，看看山水、遊歷人間，把以前我們沒做過的事都做一遍。」

黎霜仍然怔怔地看著他，「你怎麼知道我——」

「等了一宿，今天妳若是不出發，明天便也等；明天不出發，後天便繼續。妳總有出發的一天，我一直等著就好。」晉安伸出了手，手上如同有線一樣，讓黎霜下意識地朝他走去。

她站定在他身前，仰頭望著他，「你不回西戎了？」

「妳不是說，西戎不讓我回了嗎？」

「可你……」她頓了頓，「你想過這樣的生活嗎？當真願意同我一起？」

「嗯。」

「若是以前的你……」

「以前的傲登已經死了，死在塞外的地牢裡。」晉安前面的話說得很冷淡，而後面聲音卻軟了下來，「妳遇見的便是我，是妳給了我名字。我是妳的，我因妳而存在。」

他牽著黎霜的手，輕輕地吻著她的指尖，觸感柔軟令人指尖發麻。

「我將永遠屬於妳。」

他看著她，眼睛是黑夜深沉的黑色，黎霜卻彷彿看見了那帶著黑面甲、擁有腥紅雙瞳的男子。

是他，也只有他，會說這樣的話。

「我不再是將軍，也不會再用黎霜的名字，你……當真願隨我四處流浪？」

「沒有妳的地方，才叫流浪。」

黎霜垂頭，失笑，「那便走吧。」

不用在意過去誰是誰，他們都是「死」過的人，這一去便是新生。

黎霜向官道而去，朝陽鋪了一路，鳥鳴清脆送行，她腳步灑脫，回首相望，只見身後男子容貌如玉，唇邊笑意比山間清風明月更是輕柔。

——《與晉長安 下卷》完

——《與晉長安》全系列完

與晉長安

Yu Jin
Chang An

番外　晉安醉酒的兩三事

黎霜知道晉安其實酒量不好，已經是他們從南長山出發三個月後的事了。那是他們第一次在路上停下，原因是遇到山匪劫了送親的一家人。黎霜救下了新娘子，晉安直接追到賊匪寨子裡，將他們三個頭目擒了送官去。

這對兩人而言並不算多麻煩，但送親的一家人卻對他們感激涕零，非得邀請兩人前去參加婚宴，以表感恩。

盛情難卻，加之一路走來也未曾休息，黎霜便隨了這個情，答應了。

成親的兩家都是兩個鎮上的鄉紳，場面雖是不如黎霜往日見過的那些達官貴人的大，但也算是鄉裡鄉外難得的盛景了。

黎霜與晉安作為新娘的救命恩人，被安排在主桌。

周圍歡聲笑語簇擁，黎霜唇角不由自主地也帶了一絲笑意。在新郎牽著新娘入堂拜禮時，新娘子腳下輕輕絆了一下，新郎立馬將她接住，周圍的人立即起鬨，新郎霎時紅了臉，面紅耳赤地拜完了堂。

黎霜覺得有趣，飲完一杯酒，正要伸手去拿旁邊酒壺時，有人自然而然地幫她添了酒。

黎霜往旁邊一瞅，見晉安目光平和而專注地盯著她，黎霜瞥了眼四周，「人家大婚成親，你這般看著我做什麼？」

「別的人都沒妳好看。」

這種登徒子說的冒犯話在他說來，竟是正經又自然，黎霜也漸漸習慣了。

她藉著喜慶的氛圍和酒意問道：「好看得讓你連菜都不吃，光喝酒了？」

「妳便已經色香味俱全了。」

黎霜竟一瞬間有些詞窮，她挪開了目光，「那你便將我當成你的下酒菜吧。」

她說的是玩笑話，沒想到晉安卻真的這樣做了。

兩人唯一沒料到的是，這小鎮鄉紳家裡釀的酒竟然後勁極足，十分醉人。

黎霜酒量還行，一邊吃點一邊喝，待覺酒勁上頭便適量打住，只是轉頭一看晉安，他卻已微紅了臉，清澈的眼神像蒙了一層霧。

黎霜看了他一會兒，有點不敢置信，「你醉了？」

晉安沒有答話，只是將酒杯放到了桌上，杯底與桌面發出了些微聲響，看得出來他難以控制力道了。

黎霜確信，他醉了。

這讓黎霜有點傻眼，在她看來，晉安既然是西戎皇子，按照西戎人剽悍的性情與他們飲酒的傳統，晉安的酒量至少比她多一罈才對吧？

這便如此輕易地……醉了？

「要我扶你回去休息嗎？」

主家知道他們是在旅途中，特意幫他們備了兩間房。

晉安聞言，搖了搖頭。他身體還坐得筆直，一般人實在難以辨別他醉了還是沒醉。

黎霜伸手扶住他的胳膊，怕他摔倒。她沒見過晉安醉酒，也不知道這人喝醉後會是什麼樣子，萬一他這般強撐著自己，轉頭就往桌子下倒呢。

她在軍中待得久，那些男兒醉酒後的模樣看太多了。

「我扶你回去吧。」

晉安還是搖頭。

黎霜有些無奈，「那你想要做什麼？」

「我想做什麼？」晉安呢喃著重複了一句，倏地捏住了黎霜的下巴，將她的唇送到了自己唇上。

他咬住了她的唇瓣，舔了一下。

黎霜被這突如其來的襲擊嚇傻了。

這三個月來，她與晉安雖時時刻刻在一起，卻從來沒做出格的事，儘管晉安在言語上對她多有撩撥……

可能對晉安來說，那連撩撥都不算，他不過是把心裡話用最直白的方式表達出來。

但也僅只於此了。

晉安沒有像在塞北時那樣，只要有機會就抱住她，或者吻她。

他找回過去的記憶後，好像更加明白他那樣的舉動對黎霜來說，是一種莽撞，所以為了不讓黎霜感覺唐突，他在收斂。

而黎霜……也不會主動牽晉安的手，更不會撲上去親他。

雖然……在路上……尤其是露宿野外夜深人靜時，晉安為了讓黎霜更自在一些，會跑到樹上休息。好幾次她都想讓他下來，或者自己上去挨著他坐。

這樣才不會讓他的身影看起來那麼孤獨。

玉蠶蠱人喜歡和主人接觸，這是巫引告訴她的，黎霜也知道晉安其實很喜歡和自己親近。但是他們之間那一層紙，他沒戳破，她便也沒有揭開。

這樣的狀況一直持續到了今天。

是以晉安現在這樣強硬蠻橫毫不講道理地吻了她，黎霜感覺有點反應不過來。

好在晉安沒有做更多了，只是放開她，用一如既往的專注眼神看著她，理直氣壯道：「我還想再來一次。」

「……」不知道該說他正直還是無恥了……

她往四周看了一眼，好在來參加婚宴的人也醉得差不多了，熟人們三三兩兩坐在一起聊天，有的則被人扶著退席，沒人注意到她和晉安。

她不再搭理晉安的要求，起身扛著晉安一隻胳膊，帶他往主人安排的小院而去。

晉安半個身子倚在黎霜肩上，又認真地說了一遍：「我真的想再來一次。」

「知道了。」她的腳步並沒有停下，直到把扛晉安帶回房間，扔到床上。

這方她剛幫他脫了鞋子，正要抬他的腿上床，黎霜便覺有隻手扣住了自己的腰，將她往下一拉。

猝不及防間，她跌在了晉安身上。

他的鼻梁很挺，這是黎霜心頭唯一來得及閃過的念頭，因為下一刻，她便被晉安奪去了思緒。

和初識時一樣，他不太溫柔，也正因為這樣，他對她的占有欲才表現得那麼淋漓盡致。

晉安口中的酒香彷彿也染醉了黎霜，她被吻得有幾分情動，直到場面有點開始失控了，他的手幾乎下意識的撫上了她的後背，唇順著她的下巴，親吻到了頸項、頸窩、鎖骨……

然後他咬疼了她。

輕微的疼痛拉回了黎霜的理智。

她一伸手，猛地推開晉安，坐起身來，有幾分慌亂地拉了拉衣襟。

她清咳一聲，「你醉了，好好睡覺。」她起身欲走，手卻被晉安牢牢抓住了。

黎霜……其實並不想回頭，但晉安將她抓得太緊了，就像抓著最後一根浮木一樣。她忍不住往後一瞥，便看見了他按捺著受傷的目光。

「妳抗拒和我在一起嗎？」他問她。

黎霜有些頭痛地揉了揉太陽穴。

晉安若是稍微霸道一點，她還能有應付他的法子，偏偏是這麼柔軟可憐得像小動物一樣的眼神，她一點招也沒有了。

「不是……」

「我讓妳不舒服了嗎？」

「……也不是。」

「我想繼續。」

為什麼能說得這麼理所當然！

黎霜掙了掙被他緊握的手，「不行，你醉了，你現在控制不住自己。」

「對。」晉安徑直承認，「我必須全神貫注才能控制住自己，現在是控制不住。」

他說得這麼坦蕩，黎霜倒是無話可說了。

「你知道就好。」黎霜又掙了兩下，「等你清醒再說。」

「清醒了，我就不敢再碰妳了。」

晉安用了「不敢」兩字，倒是讓黎霜意外。畢竟一路走來，黎霜確實沒有發現晉安有什麼事情是「不敢」做的。他像一個無懼無畏的勇士，她想去的地方，刀山火海他也一聲不吭地陪她走，這是黎霜在軍中未曾有過的體驗。

因為以前她有軍師、有參謀，還要對數萬將士的性命負責，所以她必須謹慎，三思而後才行動。

但晉安武功比她更厲害，他不需要她保護，他只需要她說要向何方，然後他便猶如最堅硬的鎧甲與最威猛的戰車，伴她一同前行。

他現在卻說……不敢碰她。

「為什麼？」

「怕妳不要我了。」

竟是……這般稚氣的理由。

他還認真地補了兩句：「怕妳厭倦我，也怕妳不需要我，想去過一個人自由自在的生活。」

「晉安。」黎霜眸光微微一軟，她坐回到床邊，「和你在一起，已經足夠自由自在了。我……」她頓了頓，似有些難以啟齒，但最終還是道了，「我並沒有打算過沒有你的餘生。」

晉安朦朧漆黑的眼瞳像是被這句話點亮了一樣，「妳的餘生都會有我。」

「對，會有你。」

屋外夜已深，黎霜但見晉安現在已不如剛才那般衝動，便坐在床榻邊，打算哄他睡著了再離開，「可我現在……其實並不太瞭解你，只是能從一路走來的觀察看出你的一些喜好，也不知準不準確……」

「妳可以問我。」

黎霜微微翹了唇角，「好啊。我猜，你喜歡雨過天晴後，有暖陽有微風的天氣。」

晉安也是輕輕一笑，「對。」

「我猜，你喜歡聽山間泉水涓涓的聲音。」

「對。」

「你喜歡看落葉從樹梢飄落在地的樣子。」

「對。」

晉安聽著黎霜溫柔的嗓音，像是真有三分睡意上頭了一樣，他微微半瞇了眼。

黎霜看著他的面容，倏爾心頭一動，在他耳邊輕聲道：「我猜，你喜歡我？」

「猜錯了？」

晉安半瞇的眼慢慢睜了開來，與黎霜四目相接，他沉默了。

「錯了。」他認真地道，「我愛妳。」

心尖猛地一悸，像是有個小人在上面跳起了舞，擾得黎霜意亂情迷起來。

所以在晉安湊上來吻她時，她竟然沒有任何反抗。

「我愛妳，黎霜。」他在她耳邊輕喃，一遍又一遍，像是虔誠的信徒在誦念最篤信的經文。

「我愛妳，我需要妳。」

這些話像是咒語，將黎霜困了進去，讓她再難推開他的懷抱與吻……腦海裡來來回回的皆是一句話——

你愛我，你需要我。是啊，我也是……

夜色朦朧，鄉紳的大院裡，那方新人洞房鬧罷，夜裡徹底恢復了安靜，而這方屋裡的燈像是沒人一樣，從始至終都未曾點燃。

只有月色掩蓋了夜裡的旖旎風光。

一夜罷了，翌日清晨陽光遍灑屋內。

黎霜迷迷糊糊地睜開了眼，一抬眼，便對上了另一雙美麗得過分的雙瞳。

而四目相接後，黎霜覺得晉安的懷抱竟變得更緊了。

「怎麼了？」她啞聲問。

「怕把妳嚇跑了。」

「……」沉默之後，黎霜一聲失笑，「天亮了，咱們該啟程了。」她動了動身，晉安卻依舊抱著她不放，她無奈地安慰道，「我不跑，昨天我很清醒。」

「不。」晉安沉著道，「我只是在想，我想看妳穿嫁衣的模樣。」

黎霜一怔。

晉安定定地望著她：「妳願意為我穿嫁衣嗎？」

「好。」

這一聲黎霜應得乾脆果決，勝過以往每一個千軍萬馬前的殺伐決斷。

「那我們往回走？」黎霜問，「婚禮總不能兩個人辦，回去找巫引，做個見證吧。」

「嗯。」

「那咱們要走回頭路了。」

「和妳在一起，走什麼路都行。」

有你在一起，去哪裡都可以。

——番外〈晉安醉酒的兩三事〉完

高寶書版集團
gobooks.com.tw

輕世代 FW327

與晉長安 下卷

作　　者　九鷺非香
繪　　者　哈尼正太郎
編　　輯　林思妤
校　　對　任芸慧
書衣設計　林鈞儀
美術編輯　林鈞儀
排　　版　彭立瑋

發 行 人　朱凱蕾
出　　版　英屬維京群島商高寶國際有限公司臺灣分公司
　　　　　Global Group Holdings, Ltd.
地　　址　臺北市內湖區洲子街88號3樓
網　　址　www.gobooks.com.tw
電　　話　(02) 27992788
電　　郵　readers@gobooks.com.tw（讀者服務部）
　　　　　pr@gobooks.com.tw（公關諮詢部）
傳　　真　出版部　(02) 27990909　行銷部 (02) 27993088
郵政劃撥　50404557
戶　　名　三日月書版股份有限公司
發　　行　三日月書版股份有限公司/Printed in Taiwan
初版日期　2020年2月

國家圖書館出版品預行編目(CIP)資料

與晉長安 /九鷺非香著.-- 初版. -- 臺北市：高寶國際, 2020.02-
冊； 公分. --

ISBN 978-986-361-789-1(下冊：平裝)

857.7　　108020733

三日月書版

三日月書版

GOBOOKS & SITAK GROUP©

GOBOOKS
& SITAK
GROUP©